KB143066

어둠 속의 판화

어둠 속의 판화

지은이 _ 구활

초판 발행 _ 2014년 4월 21일

펴낸곳 _ 수필미학사
펴낸이 _ 신중현

등록번호 _ 제25100-2013-000025호
등록일자 _ 2013. 9. 2.

대구광역시 달서구 문화회관11안길 22-1(장동) 출판산업단지 9B 7L
전화 _ (053) 554-3431, 3432 팩시밀리 _ (053) 554-3433
홈페이지 _ http://www.학이사.kr
이메일 _ hes3431@naver.com

값 10,000원
ISBN _ 979-11-85616-10-0 03810

어둠 속의 판화

구활 수필선

책머리에

이번 선집이 세 번째다. 욕심이 과했다. 선집을 내기 전에는 '생애 중에 딱 한 권의 선집을 냈으면 좋겠다'고 생각한 적이 있었다. 그러나 선집은 개인이 내고 싶다고 내는 것은 아니어서 기회는 좀처럼 오지 않았다.

문단 말석에서 어영부영 지낸 세월이 벌써 삼십 년이다. 그러다가 소 뒷발로 쥐잡기 같은 행운이 따라 첫 선집이 선우미디어에서 《정미소 풍경》이란 제목을 달고 나온 게 2008년이었다. 그 후 좋은수필사의 '현대수필가100인선' 프로그램에 참여할 기회를 얻어 두 번째 선집인 《어머니의 텃밭》을 상재한 것이 그 이듬해였다. 깜냥에 비해 억세게 재수가 좋았다.

이번 세 번째 선집 《어둠의 판화》는 출간 계획이 너무 빠르게 진행되어 생각할 시간도 갖지 못하고 머리말을 써야 하는 절박한 순간까지 와 버렸다. 부끄럽고 송구스런 감정을 지울 수가 없다. 그러나 한 번 선집에 냈던 작품은 중복해서 싣지 않는 것을 위안으로 삼기로 했다.

어느 인류학자가 아프리카 반투족 아이들을 대상으로 실험을 한 적이 있다. 아이들이 좋아하는 음식을 나뭇가지에 매달아 두고 빨리 달리는 아이가 그걸 먹도록 했다. 아이들은 손잡고 걸어가 함께 나눠먹었다. "왜 달려가지 않았니?"라고 물었다. 아이들은 "우분투(UBUNTU) 우분투!"라고 소리질렀다. 이 말은 '네가 있기에 내가 있다.' (I am because you are.)는 뜻이다.

이번 선집을 낸 후에도 '우분투'란 외침이 한참 동안 나를 괴롭힐 것 같다.

2014년 4월

구 활

차 례

제1부

풀밭 위의 식사

바람처럼

    사이버 공간에서 내 이름은 '팔 할이 바람'이다. 미당 서정주 선생의 초기 시 〈자화상〉에 나오는 "나를 키운 건 팔 할이 바람이다"에서 따온 것이다. 이름을 이렇게 정하고 나니 몸도 마음도 한결 자유스러워졌고 생각까지도 느슨해져 살기가 아주 편해졌다.

    나는 여태까지 살아오면서 아버지가 지어 준 이름 외에 나를 표시하는 기호나 어떤 재고번호도 갖고 있지 않다. 그러니까 이름 외에 호號나 자字나 별명이 없다는 얘기다. 젊은 시절 한국화가 소산小山 박대성이 함산喚山이란 호를 지어 그럴듯하게 작호화를 그려 준 적도 있지만 한 번도 사용한 적은 없다. 나는 호를 가질 만한 깜냥이 되지 않을뿐더러 이름 외에 다른 무엇을 쓴다는 게 썩 마음이 내키지 않았다.

은퇴 후 컴퓨터를 만지면서 새로운 이름을 무한 공간에 올리고 보니 무주택자가 처음으로 집을 장만하여 대문 옆에 문패를 거는 그런 기분이었다. 그래서 '팔 할이 바람'이란 이름처럼 생활에는 이 할쯤 할애하고 나머지 팔 할은 바람에 투자하여 더 많은 여유를 갖기로 스스로 다짐하며 오늘에 이르렀다. 그러고 보니 요즘 돌아올 날짜를 정하지 않고 곧잘 떠나는 여행과 산행도 모두 바람이란 이름 덕분이다.

최근 어느 보고서는 은퇴 후 죽을 때까지 그런대로 행세하며 궁색하지 않게 살려면 8억여 원의 여웃돈이 있어야 한다고 발표했다. 나는 신문에 난 기사를 보고 웃었다. 어떻게 해야 행세를 하는 것이며 궁색하지 않은 삶이란 게 어떤 것인지 그것이 우선 궁금했다. 돈은 다다익선, 많을수록 좋은 것이긴 하지만 8억여 원의 돈을 쌓아 둔다는 게 어디 쉬운 일인가. 민중의 심층에 발을 디뎌보지 못한 돈 많은 사람을 염두에 두고 쓴 보고서는 이렇게 서민들의 허파만 뒤집어 놓을 뿐이다.

조선조 중종 때 깨끗하게 살다 간 선비 사재思齋 김정국은 청빈한 삶 속에서 진정한 만족을 느꼈다. 그는 한때 팔여八餘라는 아호를 쓰면서 곤궁한 가운데 '여덟 가지 넉넉함'을 즐기며 살았다. 기묘사화 때 훈구대신들에게 축출당한 사재는 경기도 고양군 망동리에 은휴정恩休亭이란 정자를 지어 책을 읽으며 세월을 보냈다. 정자 이름도 '임금님의 은혜 덕분에 쉰다'는 뜻으로 자신에게 닥친 불행을 원망하지 않았다. 어느 날 친구가 새로 지은 호의 뜻을 물어와 그는 이렇게 답했다.

> 토란국과 보리밥을 배불리 먹고, 따뜻한 온돌방 부들자리에서 잠을 넉넉하게 자고, 맑은 샘물을 실컷 마시고, 서가의 책을 항상 보고, 봄에는 꽃을 가을에는 달빛을 넉넉하게 감상하고, 새소리와 솔바람 소리를 넉넉하게 듣고, 눈 속의 매화와 서리 맞은 국화 향을 넉넉하게 맡는다네. 이 일곱 가지를 넉넉하게 즐기기에 팔여라고 했다네.

나는 이 글을 읽는 순간, 팔여 선생이 생전에 계시던 은휴정이 서 있었던 북쪽을 향해 두어 번 큰절을 올리고 싶은 마음이 간절했다. 그런데 팔여의 뜻을 물어 온 친구 또한 보통내기가 아니다. "이 세상에는 자네와 반대로 사는 사람도 많다네." 하고 팔부족八不足의 변을 늘어 놓는다.

> 진수성찬 배불리 먹고도 부족하고, 비단 병풍치고 잠을 자도 부족하고, 이름난 술 마셔도, 좋은 그림 실컷 보고도, 아리따운 기생과 새벽까지 놀고도, 좋은 음악을 들어도, 희귀한 향을 맡아도 부족하다네. 이 일곱 가지 부족한 것이 있다고 그 부족함을 걱정하더군. 그래서 팔부족이라네.

팔여 선생은 조정에서 다시 전라도 관찰사로 부를 때까지 20여 년 동안을 이곳 망동리에 살며 팔여를 넉넉하게 즐기며 후진들을 양성했다. 만년에 부자로 사는 친구가 죽음을 앞에

두고서도 '탐욕스럽게 재물을 모은다'는 소식을 듣고 그에게 이런 편지를 보냈다.

> 그대는 나보다 백 배나 넉넉한데 아직도 재물을 모으는가. 나는 책 한 시렁, 거문고 하나, 벗 한 사람, 신 한 켤레, 베개 하나, 바람 통하는 창문 하나, 햇볕 쪼일 툇마루 하나, 차 달일 화로 하나, 짚을 지팡이 하나, 봄 경치 즐길 나귀 한 마리면 충분하네. 늙은 날을 보내는 데 이외에 뭐가 필요하겠나.

저승 문턱에서도 재물 모으기에 급급한 친구에게 띄운 편지가 오백 년 뒤에 태어나 이렇게 백수로 살고 있는 나의 손에 뒤늦게 도착하여 이렇게 큰 깨달음을 주다니 참으로 고맙고 한편으론 크게 부끄러운 일이다.

늦었지만 마음속에 팔여 선생을 기리는 사당 하나를 지어 문간에 배롱나무와 매화나무 한 그루씩을 심고 싶다. 그러고는 아침저녁으로 문안드리며 여덟 가지 넉넉하게 사는 법과 늘그막에 지녀야 할 열 가지 재물들을 입이 닳도록 외워야겠다. '팔 할이 바람'이 정말 바람처럼 살려면 한 분 스승과 경전 하나쯤은 반드시 필요할 것 같아서.

이름 모를 강가에서 귀양살이나 했으면

고향을 떠날 때 "다시 돌아오마." 약속하고 떠나왔다. 고향과의 언약이 거짓부렁으로 끝나지 않도록 내 딴에는 열심히 노력했다. 그러나 서산에서 퍼져오는 땅거미의 흐린 기운이 황혼의 장막처럼 발밑에 서서히 깔리는 데도 나는 아직 돌아가지 못하고 있다. 고향을 떠나온 후 이 도시와 맺은 새로운 인연이 발목을 잡고 놓아주질 않기 때문이다.

내 의식은 고향 강가에서 성장했고 품성도 그곳에서 키워지고 다듬어졌다. 고향을 떠나왔지만 한 번도 고향을 잊은 적이 없다. 더욱이 그곳을 떠나올 때 강물에 새끼손가락을 걸며 맹세한 약속 또한 파기한 적이 없다. 그런데도 나는 아직 여기에 머물러 있다.

이 도시에서 그리 멀지 않은 고향의 땅값은 내가 떠나온 후

개발붐을 타고 다락같이 올라버렸다. 아무리 저축해도 촌집 한 채 살 수 없는 그런 상황이었다. 고향을 찾아가 이별할 때의 언약을 포기할 수밖에 없는 어려운 형편을 자초지종 설명하지 않을 수 없었다.

귀향의 꿈을 접고 나니 고향은 더욱 가까이 다가와 망막의 끝에서 아물거리고 회상 속의 그리운 시간은 해질녘 언덕 위에 서 있는 사람의 그림자처럼 제 키만 키워 갈 뿐이었다. 그래서 사람들은 떠나온 고향은 찾아갈 수 있는 땅 위에 없고 다만 기억 속으로만 존재한다고 말한다. 나는 아직도 고향의 하늘 색깔과 햇볕 그리고 바람 부는 날 강물이 우는 소리까지 선연하게 기억하고 있는데, 그리운 그곳으로 돌아갈 수 없다니, 참으로 딱하고 안타깝다.

오후 늦은 시각, 아늑한 강 마을에 저녁연기가 피어오르는 곳을 지나칠 때면 모든 것 팽개치고 주저앉아 살고 싶을 때가 있다. 그리고 강 언덕에 서 있는 정자에 오를 때도 세상 인연 모두 접어버리고 막걸리잔 앞에 놓고 음풍농월하면서 남은 세월 그렇게 보내고 싶을 때가 허다하다. 그러나 고향의 출입문은 나올 땐 쉽게 열려도 다시 들어가려면 덧문부터 굳게 잠겨 있어 보통 열쇠로는 좀처럼 열리지 않는다.

작은 돈으로 배 하나를 사서 그물과 낚싯대 한두 개를 갖춰놓고, 또 술과 잔 그리고 소반을 준비하고 싶다. 늙은 아내와 어린아이 그리고 심부름하는 아이를 데리고 수종산과 소수溯水 사이를 왕래하면서 오늘은 그물로 고기를 잡고 내일은 어느 곳에서 낚시질을 하며 그 다음 날은 여울에서 고기를 잡을 것이다. 바람을 맞으면 물 위에서 자고 때로는 짤막한 시가를 지어 스스로 팔자가 사나워 불우하게 된 정회를 읊을까 한다. 이것이 나의 소원이다.

‒ 다산의 시 ‘소내강 안개 속에서 낚시질하며’ 중에서

다산은 1799년 자신이 속해 있던 신서파의 뒤를 봐주던 번암 채제공 대감이 세상을 뜨면서 반대파에게 밀리게 된다. 수세에 몰린 다산은 1800년 초봄 가족을 이끌고 태어난 고향인 소내 마을로 돌아온다. 다산은 삭은 낚싯배 하나를 띄우고 강물 위를 떠다니며 고기를 잡으려던 소박한 꿈을 꾸지만, 그 소원조차 이뤄지지 않는다. 다산이 낙향한 그해 여름 열렬한 후원자였던 정조 임금마저 세상을 버리자 감옥에 갇히는 신세로 전락하고 급기야는 18년이란 기나긴 귀양살이를 하기 위해 고향을 떠나게 된다.

조선조 영조 때 실학자인 이중환은 이인복, 오광운 등과 어울려 북악산 자락 백운봉에 올라 시사詩社를 결성한 적이 있다. 이들 백련시사 동인들은 ‘산수山水는 선비들이 당연히 돌아가야 할 곳’이라고 믿고 몸과 마음을 의탁할 곳을 찾아 방방곡곡을 헤매고 다녔다. 산수 유람을 여가의 일부로 여기던 당시 사대부들의 생각과는 애초부터 뜻을 달리했다. 청담 이중환의 팔도유람기인 《택리지》도 바로 이때의 소산이다.

이들의 동시대인이자 선배였던 성호 이익과 두어 세대 뒤에 태어난 다산은 산수를 '선비들이 돌아가야 할 곳'으로는 보지 않았다. 특히 누구 못지않게 명산을 좋아하여 명승지의 풍광을 구경하러 다녔던 이익은 '선비가 산수간으로 돌아가 세속과 거리를 두는 일은 몸으로 할 일이 아니라 마음으로 해야 할 일'이라고 분명하게 말한 적이 있다.

성호는 학문과 생각의 깊이가 깊어서 그랬을 것이며, 다산은 오랜 유배 생활에 심신이 지쳐 가족들이 있는 곳에서 한 발짝도 떼기 싫었을 게 분명하다. 이익과 이중환과 이인복이 올라 본 적이 있는 산영루山映樓라는 정자에서 읊은 다산의 시 한 편을 읽어보자. 정자는 북한산 태고사 계곡과 중흥사 계곡이 만나는 지점에 있었는데, 지금은 주춧돌만 남아 있다. 이중환이 이곳을 좋아하여 산영루 밑의 맑은 소 청담淸潭을 자신의 아호로 삼은 곳이다.

> 험한 돌길 끊어지자 높은 난간 나타나니
> 겨드랑에 날개 돋쳐 날아갈 것 같구나.
> 십여 곳 절간 종소리 가을빛 저물어가고
> 온 산의 누런 잎에 물소리 차가워라.
> 숲 속에 말 매어두고 애기꽃을 피우는데
> 구름 속에 만난 스님 예절도 너그럽다.
> 해 지자 흐릿한 구름 산 빛을 가뒀는데
> 행주에선 술상을 올린다고 알려오네.

그러고 보니 《택리지》의 저자 이중환은 '선비들이 살 곳'을 찾아 길 떠난 지가 오래이며, 유배를 끝낸 다산도 고향으로 돌아왔는데, 나도 그들처럼 산수간으로 숨어들고 싶다. 정말이지 세속과 거리 두는 일을 몸으로 하고 싶은데 이렇게 도시의 그늘 밑에 좌판을 펴고 퍼질고 앉아 돌아가지 못하고 있으니 처량하고 괴롭다. 차라리 이를 바에야 어느 이름 모를 강가에서 귀양살이나 했으면.

풀밭 위의 식사

프랑스 화가 에두아르 마네가 그린 '풀밭 위의 식사'란 그림을 보면 너무 재미있다. 한 편의 멋진 영화나 소설 이상으로 다음 장면이 기대되는 명화 중의 명화다. 이 그림은 단순하게 풀밭 위에서 한 끼 밥만 먹는 것이 아니라 식사 후의 다른 요상한 프로그램을 준비하는 장면을 그린 것처럼 보인다. 이 그림이 동영상이면 바로 뒷 장면을 봤을 텐데 정지된 스틸 사진과 같은 유화여서 다음 진행 순서는 상상으로 그려 볼 수밖에 없다.

화면 중앙에 네 사람이 보인다. 두 쌍의 남녀 중 세 사람은 천연덕스럽게 앉아 있다. 한 여인만 조금 떨어진 물가에서 뒷물을 하고 있는지 반나半裸의 상태로 반쯤 구부린 엉거주춤한 자세로 엎드려 있다. 숲 속 풀밭 위에 앉아 있는 여인은 이미 몸 씻기를 마쳤는지 직각으로 구부린 오른쪽 다리에 오른팔을 괴고 발가벗은 채 앉아 있다. 여느 창녀처럼 당돌한 기미도 없고 그렇다고 여염집 여자와 같은 단정미도 없다. 그냥 그대로의 자세다.

앉아 있는 여인 옆의 남자는 구레나룻 수염에 검은 수트를 걸친 정장 차림이다. 오른쪽 남자 역시 같은 차림새지만 머리엔 터반 같은 모자를 쓰고 왼손에 스틱을 든 채로 오른팔을 뻗어 뭔가를 구시렁거리고 있다. 그의 표정은 자못 심각한 것처럼 보이지만 앞에 앉아 있는 두 남녀는 별 관심을 보이지 않고 있다. 그기 무엇을 지낄이고 있는지는 별도로 녹음된 테이프가 없어 그 소리는 들리지 않는다. 이 그림은 빛과 어둠, 여자와 남자, 나체와 정장, 정물과 풍경 등 모든 것이 정 반대 개념으로 절묘한 대비를 이루고 있다.

인상파의 거장 마네의 그림을 보고 이렇게 감정을 앞세워 약간은 에로틱하게 재해석하는 것은 불경에 가까운 아주 위험한 상상이란 걸 나는 안다. 그렇지만 나의 소아병적인 심미안의 한계가 여기까지 밖에 미치지 않으니 실로 안타까울 뿐이다. 나만 그런 게 아니고 당시 프랑스 사회도 이 그림을 보고 발칵 뒤집어졌다고 한다.

1863년 이 그림은 프랑스의 살롱 전에 출품했다가 떨어진 후 낙선자 전시회에 '목욕'(La bain)이란 명제를 달고 다시 나타났다. 그러자 위선의 탈을 뒤집어쓰고 사는 것이 바른 생활이라고 믿고 있던 프랑스 사회는 거짓의 옷과 겉치레 의상을 입지 않은 사람들을 불편해하고 심지어 증오했다. 지금도 그렇지만 자신의 입맛에 맞지 않으면 내뱉듯이 이 그림도 외설로 매도당했다.

평론가들은 마네의 이 그림을 두고 자칫 오만으로 치달을 수 있는 편견을 내려놓으라고 주문한다. 어떻게 보면 그림 속의 벗은 두 여인의 얼굴에서나, 옷을 입고 있는 두 남자의 시선에서 욕망의 그림자가 별로 어른거리지 않는다. 평론가들은 '편견을 내려놓으면 자세는 더욱 편안해지고 옷을 입었든 안 입었든 상관없는 무애자재无涯自在의 경지로 들어갈 수 있다'고 말한다. 정말 그럴까.

어쨌든 마네의 '풀밭 위의 식사'는 가장 세속적인 것을 세속적이 아닌 것처럼 눙치고 있다. 마네 이전의 화가들은 여신女神을 그릴 때만 누드를 그릴 수 있었다. 당시 시대 상황은 여인의 누드는 허용되지 않았다. 그러나 마네는 여신이 아닌 여인을 그것도 발가벗은 상태로 그린 것이다. 벗은 여인과 입은 남정네의 눈빛에서 세속의 욕망을 걷어내 보려고 안간힘을 쓴 흔적이 뚜렷하다. 아무리 그렇게 해도 여인은 여인일 뿐 여신이 아닌 것은 분명한데 말이다.

몽골의 초원을 달리다 점심을 먹는 장소가 마네의 '풀밭 위의 식사' 자리와 흡사했다. 전나무 숲 속 그늘에 자리를 펴고 시원한 맥주를 곁들인 오삼불고기로 점심상을 차렸다. 동행

중인 어느 누가 이렇게 말했다. "야, 이건 마네의 풀밭 위의 식사 풍경을 빼다 박았네요." "정말 그렇군요." 아까부터 머릿속을 맴돌고 있는 내 생각을 맞장구로 응답했다. "그러면 두 사람 정도는 벗어야 되는데." 조금 떨어져 앉아 있는 여성 그룹은 우리의 대화를 눈치채지 못하고 단정하게 앉아 있다.

식사 후에는 바로 작은 음악회가 열렸다. 김덕수 사물놀이패의 단원으로 활약했던 아가씨가 장구를 들고 나와 설장구 춤을 추었다. 이어 국악 경연대회에서 큰 상을 휩쓸었던 가야금 주자가 가야금 산조를 연주했다.

이날 풀밭 위의 작은 음악회는 내 생애 중에 다시는 만날 수 없는 호사가 극에 달하는 깜짝 이벤트였다. 초원의 빛, 꽃의 영광, 바람의 은총이란 찬사를 모두 다 바쳐도 조금도 버겁지 않을 그런 풍경이었다. 옷을 벗었든 입었든 풀밭 위의 식사는 정말 멋지다. 얼쑤, 조오타.

풍류는 해학이다

내 서재 이름은 류개정이다. 수류화개水流花開에서 따온 말이다. 난생 처음 아파트로 이사 온 후 시멘트 공간이 너무 답답할 것 같아 달력 한 장을 찢어 뒷면에 매직펜으로 류개정流開亭이라 썼다. 아호가 없으니 내 이름을 쓰고 화가들이 낙관을 하듯 목도장을 여러 겹으로 찍었더니 그럴듯한 당호 편액이 되었다.

수류화개, 물 흘러가는 계곡에 온갖 꽃들이 만발해 있으니 이보다 더 좋을 수는 없다. 풍류의 극치다. 계류수에 언뜻언뜻 비치는 구름은 덤이며, 꽃 덤불 사이에서 들리는 맑은 새소리는 우수다. 이를 운부조명雲浮鳥鳴이라고 하면 사자성어로 말이 되려나.

중국 송나라 때 황산곡黃山谷이란 시인이 읊은 '구만리 푸른 하늘에 구름 일고 비가 오도다. 빈산엔 사람조차 없는데 물이 흐르고 꽃이 피는구나.〔萬里長天 雲起雨來 空山無人 水流花開〕라는 시에서 비롯된 수류화개가 세월이 흐르면서 풍류를 대변하는 문구로 쓰이고 있으니 어찌 '예술은 길다'라는 말에 이의를 달겠는가.

류개정이라 이름 짓고 마음속으로 서재의 '벼름박'을 온통 풍류로 도배를 하고 나니 갑갑하던 마음이 겨우 안정을 얻는다. 세 벽면이 일곱 개의 책장으로 들어차 내 한 몸 뉘일 공간으로도 비좁은 터수지만 흘러가는 물소리 백 코러스에 소프라노 새소리가 화음을 이루니 이만한 선경이 어디 있으랴. 거기에다 만화방창 꽃이 핀 가운데 두둥실 바람이 구름을 밀고 가니 책을 읽는 학인學人이 아니라 신선이 다 되어 가는 기분이다.

수류화개 계곡에 누워 몸을 뒤척이며 온갖 상념에 빠져들다 보니 갑자기 '풍류는 곧 해학'이란 생각이 든다. 풍류를 인간의 심성이란 거울에 비춰보면 익살과 풍자, 그리고 아주 오래된 농담까지 뒤섞여 있는 해학의 집합이라 말할 수 있을 것 같다. 멋은 반듯하게 정돈된 데서는 나오지 않는다. 곧이곧대로 사는 사람에게선 인간미를 느낄 수 없듯 '인간미가 없는 사람은 풍류객이 될 수 없다'는 결론에 이르게 된다.

쟁기질하던 소가 앞발을 다른 이랑에 걸치고 남의 콩밭을 넘볼 때 비로소 멋이 생겨난다. 농부는 '워디로 워워' 하면서

코뚜레에 매여 있는 줄을 잡아당기기는 하지만 소의 행실을 탓하지는 않는다. 사람도 마찬가지다. 퇴근길 목롯집에 들러 목을 축인 다음 주모의 엉덩이를 은근슬쩍 두드려 봤다고 그걸 흠잡을 사람은 없다. 물 흐르는 곳에 꽃이 지천으로 피어 있으면 농담도 진담처럼 노랫가락이 저절로 흘러나오기 마련인 것을. 이게 멋이자 풍류다.

걸음걸이는 헐겁게, 모자도 삐뚜루 쓰고 낡은 국방색 야전 점퍼를 아무렇게나 걸치고 파리의 뒷골목을 배회하는 영화 속 더스틴 호프만 같은 배우에게서 무한한 매력을 느낄 수 있다. "연말이면 적금 타서 낙타를 사고 월말이면 월급 타서 로프를 사서 산과 사막에 가는" 그런 엉뚱한 짓을 할 줄 아는 사람에게서 우리는 진정한 멋을 느끼게 된다. 파리의 뒷골목은 도시의 수류화개 바로 그 현장이다.

풍류에도 질서가 있고 도덕이 있다. 청빈, 낙천, 우애, 이 세 가지는 반드시 바탕 되어 있어야 한다. 그렇다고 부자가 풍류적 삶을 즐기지 못하란 법은 없다. 부자도 풍류를 즐길 수 있되 몇 가지 조건을 갖춰야 한다. 우선 풍류는 사치스럽게 흐르지 않아야 한다. 사치는 언제나 방탕과 난잡을 불러오기 때문에 그걸 경계하지 않으면 안 된다. "검소하지만 누추하지 않고(검이불루·儉而不陋) 화려하지만 사치스럽지 않아야 한다.(화이불사·華而不奢)"는 옛말을 참고할 일이다.

그리고 부자는 가난한 이웃과 주변의 친구들을 진정으로

사랑하는 마음을 갖지 않으면 풍류를 즐길 수 없다. 풍류도 아주 차원이 높아지면 혼자서 즐기는 고고한 경지에 이를 수 있지만, 일반적 풍류는 여럿이 함께 노는 데서 진정한 즐거움을 느낄 수 있다. 그러니까 풍류도 어떻게 보면 두레 정신이다. 만약 부자가 혼자 풍류의 길로 들어서면 '병신 달밤에 체조' 하는 꼴을 면치 못한다. 흐르는 물과 피는 꽃들이 자신만을 위해 흘러가고 또 피어나지 않는 이치와 같다.

조선조 정조 때 선비인 이문원(1740~1794)은 판서를 일곱 번이나 지낸 벼슬아치였다. 관직에서 물러난 만년에는 퇴계원에 머물면서 하인도 부리지 않고 직접 채마밭에서 채소를 기르며 안빈낙도의 삶을 살았다.

하루는 반찬거리 물고기를 잡기 위해 냇물에 낚시를 던지고 있었다. 그때 마침 한양에서 대감을 만나기 위해 심부름 온 도사都事 두 사람이 신발을 벗고 물을 건너기가 뭣하여 낚시질을 하고 있는 촌로를 불렀다.

"급하게 공무를 보러 가는 중인데 냇물을 좀 건너 주게."

"그러지요"

도사들은 거드름을 피우며 업혀서 냇물을 건넜다.

"대감 계시냐?"

"누구신데 나를 찾소."

뒤따라오던 낚싯대 든 삿갓 노인이 웃고 서 있었다. 도사들은 "죽을죄를 지었습니다." 하고 무릎을 꿇고 엎드렸다. 대감은 부엌을 향해 소리를 질렀다.

"여보 부인, 보리술 익었거든 한 초롱 내 오시오. 오늘은 귀한 손님이 찾아왔으니 한잔해야겠소."

풍류도 이 정도는 되어야 풍류다. 풍류는 수류화개다. 아니다. 해학이다.

쌀뜨물 연못에서 달구경

무릇 풍류를 즐기는 선비나 예술가들은 분명 남다른 데가 있다. 그들은 다른 사람의 시선을 의식하지 않는다. 여항인의 눈에는 제멋대로 행동하는 것처럼 보인다. 그렇지만 '제멋대로' 속에도 지켜야 할 도리가 있다. 규범의 틀을 벗어나면 자칫 풍류가 광기로 변할 수도 있다. 풍류는 때로는 미친 짓 같지만 절대로 미친 짓은 아니다. 차원 높은 수작일 뿐이다.

지금은 중견 화가의 반열에 올라선 L 씨가 이십여 년 전에 대구 도심의 개울가 이층집에 아틀리에를 꾸몄다. 그곳에서 먹고 자면서 그림을 그렸다. 말이 개울이지 도시의 폐수가 흘러가는 시궁창이었다. 어느 보름밤 개울물에 뜬 달을 보고 개안開眼과 다름없는 강한 느낌이 가슴에 와 닿았다. 개울의 물 흐름 폭을 좀 더 넓히고 돌 몇 개를 주워 작은 여울과 폭포를 만들면 물이 흘러가는 소리까지 들을 수 있을 것 같았다.

주인집에서 연탄갈이 부삽을 빌려와 달이 편안하게 머물 수 있도록 밤중에 물막이 공사를 한 것이다. 그러고는 이튿날 밤 동료 둘을 초청하여 냄새가 아름답지 못한 개여울에 나가 조촐한 소주 파티를 벌였다. 이날 참석한 J. L 씨 등 화가들은 즉석에서 이곳을 세느강이라 명명하고 달이 뜨는 보름밤마다 모이기로 했다. 이른바 '세느 시사詩社'가 결성된 셈이다.

시궁창 연못에 달을 띄운 이 이벤트를 세인들은 어떻게 해석할까. '환쟁이들의 야밤 수작'쯤으로 여겼을 수도 있다. 그러나 눈으로 들어오는 아름다운 빛을 화폭에 담는 일을 직업으로 삼고 있는 화가에게는 그 작업이 하나의 퍼포먼스일 수도 있고 치열한 작가 정신이 빚은 순진무구한 행위예술일 수도 있다.

조선조 정조 때 사람 임희지(1765-?)는 중인 신분의 역관이었다. 직업인 중국어 통역도 물론 잘했지만 그보다는 난蘭과 대竹를 잘 쳤다. 그리고 생황을 부는 솜씨는 가히 명인의 경지에 올라 있었다. 수월水月이란 호를 가진 그는 팔척장신에 구레나룻을 길러 신선이 지상에 내려온 것 같았다. 기질이 호방한데다 술을 좋아하여 밥은 제쳐두고 몇 며칠 술로 밤을 새우기도 했다. 그는 카리스마를 갖춘 기인이자 예술가였다.

그는 가난했다. 돈을 들이는 호사는 누리지 못했다. 그렇다고 가만있을 위인은 아니었다. 아름다움을 추구하는 예인으로서 예술적 심미안은 매우 격조가 높았고 고상했다. 살던 집은 손바닥만 했다. 정원수 한 그루 들여 놓을 공간이 없었다. 그래도 그는 마당 한구석에 땅을 파고 작은 연못을 만들었다. 샘물이 솟을 리 없었다. 쌀 씻은 뜨물을 부어 물을 채웠다. 달 밝은 밤이면 마당에 나와 앉아 노래를 부르다 생황을 불었다. 원래 물빛이 탁한 호수에는 달이 잘 빠지지 않는 법이지만 개의치 않았다. 피리 소리마저 달빛과 함께 연못에 녹아들어 더욱 구성지게 들렸다.

"내가 달과 물〔水月〕의 뜻을 저버리지 않았는데 달이 어찌 물을 가려 비추겠는가." 임희지는 '격식을 갖춘 양반집 연못에 달이 뜨면 쌀뜨물 연못에도 달은 뜨기 마련이라.'며 가난을 뛰어넘는 호기로움을 보이곤 했다. 이런 자신감이 풍류를 불러오고 풍류는 결국 삶에 온기를 더해 준다.

임희지는 어려운 환경 속에 살았지만 예쁜 첩을 두고 있었다. 그에게 애첩은 쌀뜨물 연못이나 별반 다를 게 없었다. 꽃을 심을 정원이 없었으니 첩으로 하여금 한 송이 꽃을 대신하게 했다. 꽃이 곧 애첩이요, 애첩이 바로 꽃이었다.

그는 검소했지만 약간의 사치도 부릴 줄 알았다. 집이라야 서까래 몇 개 걸쳐 놓은 누옥이었지만 옥으로 만든 붓걸이는 여염집 두 채를 사고도 남을 칠천 냥짜리를 지니고 있었다. 그리고 거문고와 벼루는 웬만한 사대부들도 몹시 탐내는 명품이었다니 예인의 빼어난 안목과 기백을 충분히 엿볼 수 있다. 요즘 사글셋방에 살면서 명품 옷과 가방을 분에 넘치게 걸치고 다니는 여인들과는 아예 차원이 다르다. 임희지의 붓걸이는 선비의 혼이 담겨 있는 혼곽이었을 뿐 겉멋을 치장하는 도구는 아니었다.

그가 만일 일신의 호사를 위하여 돈이 필요했다면 표암 강세황보다 오히려 더 잘 그렸다는 난 그림을 사대부들에게 팔아 자신이 갖고 싶었던 것을 가질 수 있었을 것이다. 그러나 그는 자신의 재능으로 그린 문인화를 쉽게 돈으로 바꾸지 않았으며 천만금을 준다 해도 자존심이 상하는 짓은 하지 않았다.

그는 풍채도 그럴 만했지만, 도량 또한 넓었다. 어느 하루는 배를 타고 경기 강화의 섬으로 가는 중에 심한 비바람을 만나 배가 뒤집힐 것 같았다. 배에 탄 사람들이 부처님을 불러대면서 아우성을 쳤지만, 임희지는 자리에서 벌떡 일어나 덩실덩실 춤을 추기 시작했다. 바람이 멎자 사람들은 춤춘 이유를 궁금해했다.

그는 "죽음은 언제 만나도 만나는 것, 배를 타고 비바람이 몰아치는 이런 풍경은 다시 만나기 어렵지요. 어찌 춤추지 않겠습니까."라고 대답했다고 한다. 대인의 풍모가 여실히 드러나는 대목이다.

미치지 않으면 미칠 수 없다〔不狂不及〕. 한 시대를 살다 간 풍류객들은 모두 느낌(Feel)에 충실한 감각적 심미안을 가진 미치광이들이다. 그들은 문학이면 문학, 그림이면 그림, 무엇이

든 순간을 붙잡아 영원 속으로 내던진 사람들이다. '예술은 길고 인생은 짧다'는 말을 만든 사람이 바로 그들이다. 나도 쌀뜨물 연못 하나를 파 달구경을 하고 싶다. 그건 아파트에 살고 있는 내가 하늘 나는 돌 위에 절하나 짓는 것만치 어려운 일이긴 하지만 꼭 그렇게 하고 싶다. 쌀뜨물 연못에서 달구경이라, 지국총 지국총 어사와, 참 조타.

선교장의 과객들

강릉 배다리 마을에 있는 선교장은 강원도가 자랑하는 아름다운 건축물이다. 집 구경 한 번 하는 데 입장료를 내야 할 만큼 눈요깃거리가 많은 집이다. 눈의 호사도 호사지만 이 집을 찬찬히 들여다보면 숨어 있는 이야기가 입장요금을 충분히 갚음해 주고도 남는다.

선교장은 효령대군 11세손인 이내번(1708~1781)이 터를 잡은 이래 3백 년 동안 후손들이 살고 있는 명가 명옥이다. 이 집 어른들은 일백이십 칸 저택을 일 년 사철 열어두고 가난한 문인 묵객을 비롯하여 예술의 명인들을 소리소문 없이 지원해 왔다. 그래서 이탈리아 피렌체의 메디치가에 비견되는 그런 집이다.

후손 중 통천 군수를 지낸 이봉구(1802~1868)는 영동 지방에 심한 흉년이 들자 선교장의 곳간을 활짝 열어젖히고 굶고 있는 이웃들을 먹여 살렸다. 이는 경주 최 부자가 흉년에는 땅을 사지 않고 지나가는 과객들에게 밥과 잠자리를 제공한 것이나 전남 구례군 토지면 오미리에 있는 삼수 부사를 지낸 류이주의 운조루에 가난한 이웃들이 마음대로 쌀을 퍼갈 수 있는 큰 뒤주를 두고 있는 것과 궤를 같이하는 것이다. 부자가 제 혼자만 잘 먹고 잘살면 졸부일 뿐 진짜 부자는 되지 못한다.

안빈낙도를 신조로 삼았던 이내번의 손자 오은처사 이후가 순조 15년(1815)에 도연명의 귀거래사에 심취하여 친척 친지들과 정담을 나눌 공간으로 열화당悅話堂을 짓는다. 그리고 내친김에 이듬해에는 연못을 파고 활래정活來亭이란 멋들어진 정자를 세운다.

"세상과 더불어 나를 잊자. 다시 벼슬을 어찌 구할 것인가. 친척들과 정겨운 이야기를 나누고 거문고와 책을 즐기며 우수를 씻어버리리라." 도연명의 이 절창 한 마디가 이렇게 크게 영향 하다니, 따지고 보면 열화당끼 활래정도 필국 문학석 감동이 빚어낸 작품인 것을.

채송화 씨가 맨드라미꽃을 피우지 못하고 나팔꽃 씨에서 봉선화가 싹트지 못한다. 이 집안에 이근우(1877~1938)라는 멋쟁이가 이후의 증손자로 태어나 선교장의 위상을 한 수 높은 경지로 끌어 올린다. 그는 타고난 풍류객으로 시, 서, 화를 꿰고 있었고 음악을 벗할 줄 알았다. 지금의 활래정도 그가 중수한 것이다.

거문고를 특히 좋아한 그는 전국의 명인들을 불러들여 후한 사례금을 주어 가며 몇 달씩 묵어가게 했다. 그러니까 명인들이 머무는 동안 선교장 터에는 '열린 음악회'가 밤낮으로 열렸으며 가무음곡에는 명주명효가 필수로 뒤따랐을 것이다.

이 집을 드나들었던 과객들은 수를 셀 수 없을 정도로 많았지만, 그들이 남긴 서화가 없었다면 그들의 이름을 기억하지 못한다. 그중에서도 경북 성주 출신 차강此江 박기정朴基正은 아주 특별하다. 그는 12세 때 이미 서예의 자질이 뛰어나 진주 향교의 집필사로 발탁된 인물이다.

차강은 우연한 기회에 선교장에 놀러 갔다가 마침 붓으로 그림을 그리는 과객들 사이에서 장난삼아 일필휘지한 것이 선교장 주인의 눈에 들었다. 차강보다 세 살 아래인 주인 이근우는 그를 놓아주지 않았다. 차강은 그날 이후 줄곧 선교장에 머물면서 관동을 대표하는 서예가로 활동하게 된다.

차강은 이미 알고 있는 화법으로 기교를 부리지 않고 끊임없이 배움의 고삐를 늦추지 않았다. 그는 추사 김정희에서 출발하여 대원군의 석파란石坡蘭으로 이어지는 난 그리는 기법 즉 삼전지묘三轉之妙를 이곳에서 터득하는 등 타고난 재주 위에 노력이란 물주기를 게을리하지 않았다.

난 그림의 삼전지묘란 난 잎이 자연스럽게 세 번 휘어져 뻗어 나가는 모습을 붓으로 묘사하는 기법으로 욕심을 앞세우면 절대로 성취할 수 없다고 한다. 수묵화 속의 난이 풀잎으로 보이느냐 난 잎으로 보이느냐는 순전히 삼전지묘에 달렸다고 하니 사군자의 오묘한 멋을 느끼지 못하는 문외한들은 짐작조차 못 할 일이다.

"우란右蘭 30년, 좌란左蘭 30년" 이란 말은 "오른쪽으로 뻗은 난 그리는 데 30년, 왼쪽의 난 그리는데 30년이 걸린다."라는 말이다. "범부는 평생을 그려도 제대로 된 난을 그릴 수 없다."는 뜻이다. 난 그림에 달통한 추사는 그래서 평생 열 개의 벼루를 밑창 냈고, 일천 자루의 붓을 몽당붓으로 만들었다. 하루도 붓을 쥐지 않은 날이 없었다고 하니 노력 없이 좋은 결과를 기대하는 이들에겐 경종이 될 만한 이야기다.

시인 김지하가 더러 난을 치는 것도 모두 차강의 영향이다. 김지하의 스승이 '원주의 도사'로 불리던 장일순(1928~1994)이며 그의 할아버지는 원주가 알아주는 부자인 장경호다. 그는 봄가을로 차강을 초청하여 그림을 그리게 했고 이때 손자인 장일순이 차강에게 난치는 법을 배웠던 것이다. 추사련, 석파란, 차강란으로 이어진 삼전지묘는 지금 차강의 손자인 화강化江 박영기朴永麒에게로 맥이 이어져 있다.

곰곰 생각해 보면 문학의 향기 한 타래가 시골의 한 선비에게 감동으로 이어져 이렇게 유장하게 흐르는 강물처럼 흘러가고 있으니 참으로 묘하고 묘하다.

소나무 껍질 조각배

어리석게 보이지 않으려고 한없이 노력하며 살아왔다. 그렇게 살다 보니 그게 바로 어리석은 일이었다. 이 세상에는 호불호好不好가 없는 것 같다. 오죽했으면 호사다마好事多魔나 새옹지마塞翁之馬란 말이 생겨났을까. 어리석지 않게 사는 것도 한 방편이요, 어리석게 사는 것도 삶의 한 방법이라면 굳이 자로 치수를 재며 아웅다웅하며 살 이유가 없을 것 같다.

젊은 시절 대구의 남문시장 헌책 골목에서 '우석愚石'이란 글씨가 새겨진 편액 하나를 사 당호로 삼은 적이 있다. 두 눈 똑바로 뜨고 영악스럽게 사는 것보다 낡은 트렌치코트에 빈 손 찌르고 좀 헐렁하게 사는 것이 오히려 편할 것 같은 생각에서였다. 그래서 차돌에 구멍이 숭숭 뚫린 듯한 우석이란 글자의 뜻이 그렇게 마음에 들었나 보다. 그런데 우석을 당호로 삼았다고 해서 종전보다 더 어리석어지지도 않았으며 그렇다고 더 총명해지지도 않았다. 타고난 심성을 판자 쪼가리의 글씨가 바꿔주지는 못했다. 우석이란 편액은 친구에게 주어버려 지금 내 곁에 없다.

지인 중의 몇몇 사람은 세파를 비껴가는 아부의 달인들이다. 험한 물결을 타는 데 도가 터져 올림픽 카누 선수들조차도 이들을 이겨내지는 못할 정도의 명인들이었다. 머리 조아리고 두 손 비비고 주군의 말씀에 절대로 "노"라고 이의를 걸지 않는 사극에 나오는 이방 같은 분들이었다.

그들은 자신의 행동이 정말로 정당하다고 생각했고 옆에서 보기에도 그들은 현실감각이 뛰어난 민첩한 일꾼처럼 보였다. 그런데 그것은 큰 어리석음이었다. 남들보다 앞서 잇속을 챙기기 위해 날아가듯 달려간 골인 지점에는 아무것도 남아 있는 게 없었다.

자존심까지 팔아 가며 돈을 긁어모아 일확천금을 노리고 돈놀이와 펀드 등에 투자한 것이 잘못되어 깡통을 차야 할 형편이 되고 말았다. "그런 줄 몰랐다."라는 때늦은 후회는 느긋하게 걸어서 도착한 주위 사람들로부터 "그럴 줄 알았다."라는 빈정거림만 당했다. 어리석음이 총명함을 이기는 지혜는 '토끼와 거북이'란 우화에만 있는 것이 아니다. 인간 세상에 흔하게 널려 있는 넌픽션이다.

우愚와 맥을 같이 하는 글자 중에는 치痴와 졸拙이 있다. 모두 한 형제거나 사촌들로 어리석고 옹졸하기는 그게 그거다. 그런데 옛 선비들은 학식과 재능이 과거에 급제할 정도로 똑똑했지만 이런 우둔한 글자들을 흠모하고 숭상했다니 알다가도 모를 일이다. 선비들의 마음 깊은 곳에서는 느긋한 느림의 미학이 빠른 속도의 과학을 우선한다고 믿었나 보다.

우는 주로 호와 자에, 치는 정자와 서재에, 졸은 당호나 별당 등의 이름으로 썼다. 그러니까 선비들은 글자 한 자를 택함에서도 자신을 낮추려는 의지와 노력이 부단했음을 일러준다. 족자 폭에 쓰인 글자들도 강약으로 비례를 맞추듯 삶에도 빛과 어둠, 나아가서 현명과 우둔을 뒤섞어야 제대로 균형을 이룬다고 보았을 것이다.

대교약졸大巧若拙이란 말은 '큰 기교는 겉보기에는 보잘것 없어 보인다.'는 뜻이다. 작은 꼼수는 모든 사람이 알아채지만 큰 기술은 하나님도 알아채지 못하는 경우가 왕왕 있다. 조선조 통틀어 최고의 문사라 할 수 있는 추사도 제주 귀양살이를 끝내고 돌아온 63세에 이르러서야 '소박한 것이 아름답다'는 지극히 평범한 이치를 깨우치고 마지막 거처의 당호를 '졸한 것을 지키는 집'인 수졸산방守拙山房으로 정했다고 한다.

무오사화 때 아깝게 희생된 김일손은 충청도 제천 현감으로 있는 친구 권자범이 객관 서쪽에 사랑을 지어 기문記文을 청하자 치헌痴軒이라 지어 주었다. 어리석은 사람이 사는 집이란 뜻이다. 그는 "자네는 다른 이에 비해 말하는 것도, 모양

내는 것도 어리석고, 출세하는 것도 어리석어 시골의 현감이 되었으니 모든 것이 어리석네. 그러니 이 사랑의 이름을 자네의 인품과 처신에 걸맞게 치헌으로 지었으니 어떤가."라고 말했다. 그랬더니 친구는 "앞으로 처세를 더욱 어리석게 하여 남은 일생을 어리석게 마치겠네."라고 대답했다.

그러자 김일손은 다시 "어리석음을 의식한 어리석음은 어리석음이 아니니 애써서 어리석게 살 일은 아니다."라고 말했다. 친구는 "내가 세상의 교가 싫어 어리석게 살려는데 어리석게 사는 것이 그토록 어려우면 어떻게 어리석게 살 수 있겠는가."라고 하자 김일손은 "자네는 정말 어리석다."고 말하고 친구를 바라보니 '치' 강의에 지쳐버린 친구는 난간에 기대어 꾸벅 졸고 있었다. 자, 그러면 누가 더 어리석은가.

"총명한 것은 어렵지만, 어리석은 것도 어려우며 총명함에서 어리석음으로 돌아오는 것은 더 어렵다. 한 번 포기하고 한 번 양보하면 곧 마음이 편안해지나니 그것은 나중에 보답을 얻기 위해서가 아니다." 이 글은 청나라 때 정섭이란 이가 쓴 난득호도難得糊塗란 시다.

세상에는 어리석은 것이 때론 총명할 때가 있고 총명한 것이 때론 어리석을 때가 있다. 그러면 우리는 어리석게 살아야 하는가 아니면 어리석지 않게 살아야 하는가. 그 답은 흐르는 강물 위에 소나무 껍질로 만든 조각배를 띄워 보면 쉽게 알 수 있다. 강가에 나가 조각배를 띄워야 할 시간에 이렇게 책상 앞에 앉아 어리석은 글을 쓰고 있으니 나는 치헌의 주인보다 좀 더 어리석다. 꾸벅! 글을 쓰다 말고 나도 졸고 있네.

좋은 술 석 잔의 유혹

옛날 어른들은 밥이 삶의 최대 화두였다. 가난이 몰고 온 팍팍한 생활을 부지하는 데는 밥보다 더 나은 것이 없었으리라. 어른들의 귀에 가장 듣기 좋은 소리 또한 밥이 주제가 되고 있는 걸 보면 "밥 펴"란 말은 언제 들어도 정겹다.

어른들이 가장 살가워하는 소리 세 가지가 있다. 우리 논 물꼬에 물 들어가는 소리가 첫째요, 밥상에 수저 놓는 소리가 둘째요, 셋째는 자식 목구멍에 밥 넘어가는 소리기 바로 그것이다. 모두가 밥과 연관된 기도에 가까운 희원들이다.

요즘은 밥보다 앞서는 것이 술인데 가난한 시절에는 밥을 제치고 술을 생각하는 자체가 외람이자 불경이었다. 막걸리 한두 잔 값밖에 없는 촌로가 장터에서 설 사돈을 만나 "사돈 어른, 밥을 자실랍니껴, 술을 한잔 드실랍니껴."하고 물었더니 "막걸리 안주에는 밥이 좋지요."란 우스개는 많은 것을 생각하게 한다.

　민초들의 화두가 밥이었을 그 암울한 시절에 벼슬아치들은 어떻게 지냈을까. 송강 정철, 서애 류성룡, 일송 심희수, 백사 이항복 등은 나이 차이는 조금 있긴 해도 당대 석학들이어서 자주 만남을 가졌다. 어느 날 밤, 술이 한 순배 돌고 난 후 송강이 타고난 치기를 이기지 못하고 "달 밝은 누각 위로 구름 지나가는 소리보다 더 좋은 것이 있겠는가."하고 운을 뗐다. 그러자 일송이 "바람 앞에 잔나비 우는 소리도 일품이지."하고 흥을 돋웠다.

　서애가 "삼 칸 초옥에서 젊은이의 시 읽는 소리도 좋지만 술독에서 술 거르는 소리가 더 절묘하지."라고 앞선 풍류에 술 한 바가지를 끼얹었다. 그러자 가장 나이가 어린데다 장난기 많은 백사가 "화촉동방에 가인의 치마끈 푸는 소리야말로 풍류의 극치지요."라고 말했다. 네 선비의 풍류담 중에 밥은 이미 빠져 있었고 그야말로 풍류의 바람만 불고 있었다.

　네 사람의 문답 중에 '시와 술'을 동시에 생각하는 서애의 풍류가 최상의 것이 아닌가 생각된다. 구름 지나가는 소리나 잔나비 울음소리는 너무 관념적이어서 맛이 덜하고 먼 데서 여인의 옷 벗는 소리는 풍류가 도를 지나쳐 자칫 난봉으로 기울까 봐 위태롭다. 그러나 저녁 놀 속에 술 거르는 소리가 들린다면 그거야말로 어디에도 비할 수 없는 흡족함이 그곳에 있을 것만 같다.

풍류가 노니는 곳에는 달과 강과 친구가 반드시 따르지만, 술만은 항상 상전으로 우러름을 받는다. 왜냐하면 풍류판에 더러 달이 빠질 수도 있고 장소가 굳이 강이 아니어도 되지만 호리병에 든 술이 없다면 그건 말이 안 된다. 풍류판이 아니라 멋없는 맹물판일시 분명하다.

중국 청나라 장조가 쓴 《유몽영》에 이런 구절이 나온다. "풍류는 혼자 누리되 다만 꽃과 새의 동참은 허용한다. 거기에다 안개와 노을이 찾아와 공양을 한다면 그건 받을 만하다. 세상일 다 잊을 수 있고 담담할 수 있지만 여태 담담할 수 없는 건 좋은 술 석 잔이다." 기가 막히는 고백이다. 어쩌면 내 생각과 그렇게 꼭 닮았는지 눈물이 핑 돌 정도다.

좋은 술 석 잔을 마신 흥취는 여기서 끝나지 않는다. 채근담에도 "술 석 잔 마신 후 참마음을 얻는다면 단청 올린 들보에 구름이 날고 거문고를 달빛 아래 비켜 타고 맑은 바람 안고 피리를 부네."라고 격을 높이고 있다.

술 석 잔의 유혹을 뿌리치기는 생일 만만치 않다. 너른 너름날, 땡볕 아래서 야구 경기를 본 후 500CC 생맥주 석 잔을 안주 없이 단숨에 마시는 그 쾌감을 어디에 비할 수 있으랴. 우리 주법의 후래자 삼배後來者 三盃는 시동을 걸 때 밟는 가속 페달의 효과이거나 석유 버너의 발화를 촉진시키는 예열 단계와 같은 이치다. 석 잔, 좋은 술 석 잔은 상영 중 필름이 끊어져도 좋을 미지의 술판에 둘러쳐진 장막을 걷어내는 일이다.

조선조 세종 때 문도공 윤회와 학사 남수문은 임금이 총애하던 문장가들이었다. 글과 술이 서로 따라다님은 예나 지금이나 다르지 않듯 그들은 글만큼 술도 능했다. 세종은 그들의 재주를 술이 갉아먹을까 봐 어떤 경우라도 석 잔 술을 넘지 못하도록 엄명을 내렸다. 어명御命을 어기면 누구라도 목숨을 부지하기 어려운 것이 당시의 법도여서 비상대책을 세우지 않을 수 없었다.

둘은 엄청나게 큰 술잔을 만들어 품에 품고 다니다가 주회가 있을 땐 그걸 꺼내 딱 석 잔만 마셨다. 임금은 석 잔만 마시고 대취하는 신하를 나무랄 수 없었다. 임금은 "허허허" 하고 웃는 게 고작이었다. 풍류는 이런 것이다.

어머니가 살아 계실 때 자주 하시던 말씀이 "술 좀 작작 마셔라."였다. 작작에 힘을 주어 그렇게 말씀하셨다. 한 번도 어머니의 원을 들어준 적이 없어 한이 된 지 오래다. 가벼운 알루미늄 술잔 만드는 곳이 어디 있는지 알아보고 두 선비가 품고 다녔던 술잔 비슷한 걸 하나 만들어 나도 어명〔母命〕을 따를 작정이다.

술의 시동은 이렇게 빨리 걸리고 효심의 발동은 이렇게 늦게 걸리다니 나 원. 좋은 술 석 잔의 유혹을 이겨 낼 수가 없네.

노회한 사기꾼

술 좋아하고 놀기 좋아하는 청년이 저승엘 갔다. 하나님이 사자의 명부를 아무리 뒤져봐도 이름이 없었다. "이게 어떻게 된 거야." 하고 소리를 지르자 저승차사는 "옆집 노인을 데려온다는 게 뭔가 잘못 된 것 같습니다." 라고 우물거렸다. "자넨 실수로 온 거야. 다시 내려가게." 하나님은 미안한 마음이 앞서 "소원 한 가지만 말해보게." 라고 말했다.

미처진들의 실수로 다시 이승으로 돌이오게 된 청년은 "큰 소원은 없습니다만 해질녘에 석양주나 한두 잔씩 마시고 한 주에 두어 번 골프나 치게 해 주십시오." 라고 말했다. 그러자 "야, 이놈." 하고 벼락이 떨어졌다. "그런 팔자로 살 수 있다면 내가 그 자리로 가지, 뭐 할 짓 없어 여기 죽치고 앉아 천당 갈 놈 지옥 갈 놈이나 가리고 있겠어."

원나라 때 문인 초려 오징의가 쓴 '철경록'이란 글을 읽다가 항간에 떠돌고 있는 유머가 생각나 적어 본 것이다. "바라는 것이 있다면 독에 술이 비지 않고 부엌에 연기가 끊이지 않고 띳집의 비가 새지 않는 것이다. 포의布衣를 입고 숲에 가서 나무를 하고 강에 나가 고기를 낚을 수 있다면 영화도 욕심도 없이 그 낙이 도도할 것이다."

술과 밥이 푸짐하고 넉넉한 땔감과 고기반찬까지 곁들였는데 더 무엇을 바라랴. 이는 논어 '술이 편'에 나오는 "나물 먹고 물 마시고 팔을 베고 누웠어도 또한 즐거움이 있으니〔飯疏食飲水 曲肱而枕之 樂亦在其中〕."란 공자의 안분지족 사상과 사뭇 닮아있다. 분수를 알고 만족한 삶을 사는 이에겐 하나님도 천수를 누리게 하지만 가득 채워져 흘러넘쳐도 항상 모자람 속에 사는 욕심쟁이에겐 이미 주었던 수명마저 빼앗아 버리기도 한다.

동서양의 문인 묵객들이 찬탄해 마지않는 술은 과연 어떤 물건인가. 귀거래사를 지었던 도연명도 '동이에 가득한 술'을 반겼고, 손님 둘을 초청하여 강에 배를 띄워 적벽부를 읊었던 소동파도, 꽃밭에 앉아 잔 들어 달을 청해 술을 마셨던 이백도 술을 하늘같이 모신 주선酒仙들이다.

분자구조가 C2H5OH(에틸알코올)인 같잖은 물질에 코가 꿰어 평생 술의 종으로 살다 간 까닭은 어디에 있는가. 술은 투명함보다 더 맑은 빛으로 내 몸 곳곳에 스며들면 어둠 속에 잠겨버린 이 세상마저 다 잊을 수 있을 것 같은 허망한 찬사를 무턱대고 따랐기 때문인가. 술은 삶에서 겪는 모든 문제의 해결책이자 동시에 모든 문제의 원인이라고 말하고 있지만, 술을 완벽하게 설명한 정답은 아니다.

술은 사랑보다 더 독한 매력이 있고 수렁에 빠질 줄 알면서도 그 유혹에서 벗어날 수 없는 마력을 지니고 있다. 그리고 술잔에는 눈금으로 나타나지 않는 대취大醉와 미취微醉 사이의 분수령 같은 게 있다. 동서고금을 통해 수많은 사람이 이 분수령 주변에서 허우적거리다가 패가망신하기도 했다.

술을 마시다 보면 어느 한 잔을 마시면 대취로 넘어가고 그 한 잔을 마시지 않으면 무사 귀환할 수 있는 길목의 잔이 있기 마련이다. 그러나 취한 눈은 안목이 없어 숨바꼭질하는 길목의 잔을 가려내지 못한다. 그 잔은 다음 날 아침 "그 한 잔만 안 마셨어도…," 하는 후회를 낳긴 하지만 이미 때는 늦은 상태다.

그래서 옛 선비들은 술 마시는 법도를 이렇게 정해 두었다. "봄 술은 정원에서, 여름에는 들에 나가서, 가을 술은 소각배 위에서 마시는 게 좋다. 엄격한 자리에선 천천히 유장하게 마시고, 속 편하게 마실 수 있는 술은 로맨틱하게 마시되 슬픔의 술은 취하기 위해 마셔라. 그리고 꽃과 조화를 이루려면 햇볕 아래서 꽃과 함께 취해야 하며, 상념을 씻으려면 밤의 눈〔雪〕 속에서 취해야 하고, 뱃놀이하면서 마시는 술은 가을의 서늘한 기운을 느끼면서 취하라. 이런 법칙을 모르고 술을 마시면 음주의 낙은 잃게 될 것이다."

이런 법도를 정해 두었으면 응당 따라야 하는 것이 선비의 도리이지만 이를 지키는 사람은 매우 드물었다. 유독 다산만은 두 아들에게 보내는 편지에 "글공부는 아비를 따르지 않고 주량만 아비를 넘어서는 거냐. 술맛이란 입술에 적시는 데 있는 것이다. 과음하지 말거라."라고 타이르고 있다. 그러나 아들은 아버지의 희망대로 술을 줄였다는 기록은 어디에도 없다.

술수의 명인이자 찔러도 피 한 방울 흘리지 않았던 조조도 "인생은 아침 이슬 같은 것, 술 마시고 노래하세, 근심을 잊게 하는 건 오직 술뿐일세."라고 읊었다. 사실 술은 무식한 신사 같지만 노회한 사기꾼이다. 사람의 몸 어딘가에 붙어 있는 마음을 자유자재로 떼어낼 수 있는 기술을 가진 술은 은근하고 여유롭게 변화무쌍한 술수를 부리는 재주꾼이다.

술은 쓸 만한 인재를 취객으로 만들어 산중에 가두기도 하고 재주 있는 환쟁이를 겨울 거리로 내몰아 눈밭에 얼어 죽게 하기도 한다. 양나라 도홍경이란 선비도 술이 좋아 벼슬에 뜻을 두지 않고 산속에 숨어 살았다. 임금이 그를 불러 "산중에 무엇이 있느냐."라고 물었다. "산중에 무엇이 있느냐고요. 고개 위에 흰 구름 많지요. 혼자 즐길 수는 있어도 임금님께 갖다 드릴 순 없지요."라고 말했다. 다음 임금도 벼슬자리를 주려 했지만 나아가지 않고 술독을 끌어안고 살다 죽었다.

노회한 사기꾼인 술이 저지른 일은 수없이 많지만, 술이 풍류에 이바지한 공은 정말 만만치 않다. 사기꾼 만세!

무엇이 되어 다시 만나랴

시인 김광섭의 '저녁에'란 시는 절창이다. 그 시를 읽고 사무치는 그리움을 그림으로 표현한 것이 수화樹話 김환기의 〈어디서 무엇이 되어 다시 만나랴〉라는 명화다.

저렇게 많은 별 중에서
별 하나가 나를 내려다본다
이렇게 많은 사람 중에서
그 별 하나를 쳐다본다
밤이 깊을수록
별은 밝음 속에 사라지고
나는 어둠 속에 사라진다
이렇게 정다운
너 하나 나 하나는

어디서 무엇이 되어
다시 만나랴.

'무엇이 되어 다시 만나랴'는 구절은 이별을 해 본 이들은
저마다 소리 죽여 고함지르고 싶은 함성이다. 이 구절의 속사
정을 예리하게 지적한 우스갯소리가 있다. '첫사랑 연인이 잘
살면 배 아프고, 못 살면 가슴 아프고, 같이 살자면 머리 아프
다.' 딱 맞는 말이다. 그래서 이 구절은 회상의 언덕 저 너머
에 있는 희미한 옛사랑의 그림자를 반추하는 헌시에 불과하다.
　나는 서해 신안군 안좌도에서 김 화백을 만났다. 이미 죽은
사람이라고 못 만날 리가 없다. 기억으로 만나고, 흔적으로
만나고, 그리움으로 만날 수 있다. 화가의 생가인 안좌도 읍
동리에서 그리 멀지 않은 곳에 민박집을 정한 후 바닷바람이
코끝에 닿는 감촉이 너무 산뜻하여 밖으로 나왔다.
　하늘에는 별들의 잔치가 벌어지고 있었다. 시골의 별들은
어두운 밤이 되어야 겨우 모습을 드러낸다. 별들은 밤마다 모
여 은하를 이루고 갈 길이 바쁘면 별똥별이 되어 미끄러운 단
다. 나는 별들 틈에서 서성대는 화가를 그렇게 만난 것이다.
　화가는 뉴욕 생활에 권태가 깃들 무렵 '저녁에'란 시를 읽
고 깜짝 놀란다. 잊고 있었던 고향을 찾은 것이다. 그는 큰 캔
버스(172×232)를 끄집어내 점을 찍기 시작했다. 화가는 점
속에 바다를 그린 것이다. 화가는 하루 16시간씩 바다를 그리

며 "내가 그리는 점들이 총총히 빛나는 별만큼이나 했을까. 눈을 감으면 더 환해지는 우리 강산, 뻐꾸기 노래를 생각하며 종일 푸른 점을 찍는다." 라고 중얼거렸다.

화가 옆에는 아내 김향안(본명 변동림)이 시녀처럼 따르고 있었다. 그녀는 원래 천재 시인 이상의 아내였다. 경기고녀와 이화여전영문과를 다닌 신여성 중에서도 뛰어난 재원이었다. 스무 살 때 여섯 살 많은 이상과 결혼했으나 사 개월 만에 요절하고 말았다. 이상이 죽고 난 후 "결혼 사 개월 동안 낮과 밤이 없이 즐긴 밀월은 월광月光으로 기억할 뿐" 이라며 "황홀한 일생을 살다 간 27년은 천재가 완성되어 소멸되는 충분한 시간이었다." 라고 말했다.

그녀는 칠 년 뒤 세 딸의 아비인 화가와 재혼하면서 허물을 벗듯 이름을 변동림에서 김향안으로 바꿨다. 변동림일 때는 시인 이상에게, 김향안일 때는 화가 김환기에게 모든 걸 바쳐 예술적 영감을 불어넣은 뮤즈(Muse)였다. 장안의 사람들은 시인 뮈세와 음악가 쇼팽 등 연하의 남자만을 골라 사랑한 조르드 상드에 비견하곤 했다. 상드도 본명은 오로르 뒤팽(Aurore dupin)이었다.

김향안은 여섯 살 연상인 이상과 사 개월, 네 살 위인 김환기와는 삼십 년을 함께 살았다. 상드는 소설가였지만 김향안은 수필가, 화가, 미술평론가였다. 쇼팽과 이상은 둘 다 폐결핵 환자였다. 상드는 인후결핵을 앓고 있는 쇼팽을 발데모사 수도원으로 데리고 가 헌신적인 간호를 했다. 쇼팽은 상드를 기다리며 수도원 양철지붕에 떨어지는 빗소리를 피아노로 받아 적어 유명한 빗방울 전주곡 15번을 작곡하기도 했다. 그러나 상드는 쇼팽을 헌신짝처럼 버려 건강과 음악의 샘을 동시에 마르게 했다. 뮈세 역시 어긋난 사랑 탓에 퇴폐의 늪에 빠져 비참하게 생을 끝냈다. 쇼팽은 39세에, 뮈세는 44세에 이승을 떴으나 상드는 72세까지 살았다.

안좌도 하늘 위에서 수군거리는 별들의 중매로 화가를 만난 지가 얼마 된 것 같지 않은데 하늘이 가까이 내려와 있었다. 별 하나가 내게 말을 걸어 왔다. "화가의 생가에 와 봤으니 그들이 누워 있는 수향산방樹鄕山房〔樹話와 鄕岸의 합성〕에도 한 번 가봐야지. 뉴욕의 웨스트 체스터묘원이야." 나는 대답하지 않았다. 그들은 무덤 속에서 유심초의 노래 '어디서 무엇이 되어 다시 만나랴'를 혼성듀엣으로 부르고 있다는 걸 너무 잘 알기 때문에.

제2부

서른 즈음에

진달래꽃은 하였어라

진달래꽃이 지게를 타고 산에서 내려오면 봄은 한창이다. 앞집 태분이 아버지는 아침 일찍 대나무 도시락에 보리밥을 꾹꾹 눌러 담아 나무하러 산으로 올라간다. 깔비(마른 솔잎) 한 짐에 지는 해를 덤으로 지고 집으로 돌아오는 지게에는 항상 진달래꽃이 넌출넌출 춤을 추었다. 진달래 다발을 장독대의 물 담긴 옹추마리에 꽂아 놓으면 꽃잎이 싱싱해져 다음날 태분이 간시거리기 되고 했다.

농촌의 봄은 긴 겨울보다는 그래도 나았다. 고픈 배를 달래줄 밭두렁의 '삐삐'(삘기의 사투리)도 있었고 달착지근한 단물을 머금고 있는 찔레도 있었다. 그러나 그 어느 것도 주린 배를 채워주지는 못했다. 진달래 역시 많이 먹으면 배 속만 쓰릴 뿐 위장이 안락해지는 음식은 아니었다. 그래서 소월 시인도 '아름 따다 가실 길에 사뿐히 즈려 밟고 가시도록' 진달래를 뿌리기만 했지 그 꽃을 따먹었다는 시는 남기지 않았다.

두 살 아래인 태분이가 나를 좋아 하는 것 같았다. 학교에 다녀와 몽당연필에 침을 발라가며 숙제를 하고 있으면 삽짝을 밀고 그 여자아이가 찾아온다. 그때는 '오빠'라는 호칭이 요즘처럼 범람하지 않은 시절이어서 그냥 말없이 들어선다. 어느 때처럼 손에는 진달래꽃이 들려 있다.

그 아이는 진달래를 눈요기 꽃으로 들고 온 게 아니라 요깃거리 음식으로 들고 온 것이다. 마음속으로 좋아하는 이웃 오빠뻘 머슴애에게 줄 수 있는 것이라곤 그것 밖에 없었기에 자신이 먹고 싶어도 먹지 않고 아껴둔 것을 갖고 온 것이다. 며칠 전 그 아이가 갖고 온 진달래를 먹고 설사를 한 적이 있어 "인자 니가 갖고 오는 꽃은 안 묵는다. 알겠제." 하며 퉁명스럽게 쏘아붙였다. 그날 태분이가 진달래 꽃묶음을 치마 뒤로 감추며, 지었던 눈물 그렁그렁한 슬픈 표정을 잊을 수 없다.

나는 그날 태분이가 받을 마음의 상처는 생각하지 못했다. 사랑을 사랑으로 인정받지 못하는 자존심 때문에 그 아이는 밤새 속이 상해 잠을 설쳤을 것이다. 아침에 일어난 태분이는 지게를 메고 산으로 향하는 아버지에게 "다시는 진달래꽃을 꺾어 오지 말라"고 부탁했을지도 모를 일이다.

그렇게 세월은 흘러갔다. 나뭇짐을 지고 언덕에서 떨어져 무릎을 다친 그 아이의 아버지는 나무를 하기 위해 더는 산으로 갈 수 없었다. 푸줏간의 막일꾼으로 일하다 내가 초등학교를 졸업할 무렵에 세상을 뜨고 말았다. 태분이는 식모살이를 하러 도시로 가는 어미와 함께 고향을 떠났지만 아무도 그들의 소식을 아는 사람은 없었다.

내가 중학교에 진학하고 한참 뒤에야 태분이가 내게 갖다 준 진달래 꽃묶음이 사랑의 증표였음을 어렴풋이 알게 됐다. 그러나 "인자 니가 갖고 오는 꽃은 안 묵는다."라고 말해버린 배신의 막말이 평생의 한으로 남지는 않았는지 모르겠다.

"그해 봄 결혼식 날 아침 네가 집을 떠나면서 나보고 찔레나무 숲에 가보라 하였다. 나는 거울 앞에 앉아 한쪽 눈썹을 밀면서 그 눈썹자리에 초승달이 돋을 때쯤이면 너를 잊을 수 있겠다 장담하였던 것인데, 나는 기어이 찔레나무 숲으로 달려가 덤불 아래 엎어놓은 하얀 사기 사발 속 너의 편지를 읽긴 읽었던 것인데 차마 다 읽지는 못하였다.(중략) 세월은 흘렀다 타관을 떠돌기 어언 이십수 년, 어쩌다 고향 뒷산 그 옛 찔레나무 앞에 섰을 때 덤불 아래 그 흰 빛 사기 희미한데 예나 지금이나 찔레꽃은 희었어라 벙어리처럼 희었어라 눈썹도 없는 것이 꼭 눈썹도 없는 것이."

송찬호의 '찔레꽃'이란 시를 읽고 있으면 진달래와 찔레의 이미지가 겹쳐 혼란스럽다. 시 속의 신부 얼굴에 눈물이 그렁그렁한 태분이 얼굴이 오버랩핑 되어 나를 미치게 한다. "진달래꽃은 붉었어라 오! 벙어리처럼 붉었어라."

서른 즈음에

이 나이에 '서른 즈음에'를 듣는다. 음유 몽환의 가수 김광석이 부른 노래다. 어떤 때는 듣다 말고 따라 부르다 내가 깜짝 놀란다. "점점 더 멀어져 간다. / 머물러 있는 청춘인 줄 알았는데 / 비어가는 내 가슴속엔 / 더 아무것도 찾을 수 없네." 노랫말이 나를 향해 "왜, 너 얘기 같니."라며 웃는다. 킥킥! 서른의 두 배를 넘게 살아온 내가 맛이 갔는지 아니면 이 노래를 부르고 요절한 광석이가 돌았는지 둘 중 하나다.

내가 김광석의 '서른 즈음에'를 알게 된 것은 꽤 오래전 일이다. 아내의 투병을 뒷바라지하던 친구가 CD 한 장을 건네주며 "이 노래 한 번 들어봐." 했다. 그 노래는 '어느 60대 노부부의 이야기'란 노래였다. 들어보니 너무 애절했다. 그 CD 안에는 '서른 즈음에'란 노래도 있었다. 두 노래는 서른과 예순이란 연륜의 차이는 있어도 인생은 '매일매일 이별하며 사는' 방식이 너무나 닮아 있었다.

김광석은 1964년 1월 22일 대구 방천시장 부근에서 3남 2녀 중 막내로 태어났다. 대학 때부터 노래를 시작하여 젊은이들로부터 폭발적인 인기를 얻었으나 1996년 1월 6일 서른셋에 자살로 생을 마감했다. 당시 유족으론 아내와 여섯 살 난 서연이란 예쁜 딸이 있었다.

그는 무엇 때문에 서른 즈음이란 젊디젊은 나이에 세상을 등졌을까. 김광석의 니힐리즘은 어디에서 출발하여 어디로 달려갔는가. 그가 부른 노래들을 군이 색깔로 구분한다면 분명 슬픈 우수로 덧칠되어 있음을 부인할 수 없다. 그러나 음색의 슬픔이 목숨을 끊는 비극으로 이어지리란 생각은 아무도 하지 않았다.

김광석의 동영상을 보면 '거리에서'란 노래를 부르기 전 이런 말을 한 적이 있다. "흔히들 가수의 운명은 그가 부른 노래의 가사처럼 된다는 말이 있어요. 나의 생도 그렇게 될까 봐 이 노래를 친 동안 부르지 않았어요. 오늘 긴 빈 불러 들세요."

유리에 비친 내 모습은
무얼 찾고 있는지
옷깃을 세워 걸으며
웃음지려 하여도
허한 눈길만이 되돌아와요.

그리운 그대
아름다운 모습으로
마치 아무 일도 없었던 것처럼
내가 알지 못하는
머나먼 그곳으로 떠나 버린 후
사랑의 슬픈 추억은
소리 없이 흩어져
이젠 그대 모습도
함께 나눈 사랑도
더딘 시간 속에 잊혀져 가요.

그는 가요계에 떠도는 '노랫말처럼 되는 인생'이란 징크스를 몹시 싫어했다. 사실 이 말은 헛소문만은 아닌 듯했다. 윤심덕의 '사의 찬미'로부터 김정호의 '이름 모를 소녀'와 차중락의 '낙엽따라 가버린 사랑', 그리고 '울어 봐도 소용없고 후회해도 소용없는', '곡예사의 첫사랑'을 부른 박경애까지 하나같이 가사를 닮은 삶을 살다 운명을 달리했다.

"7년 뒤 마흔 살이 되면 하고 싶은 게 하나 있어요. 마흔 살이 되면 오토바이 하나 사고 싶어요. 할리 데이비슨, 멋진 걸루 돈도 모아 놨어요. 그걸 타고 세계 일주하고 싶어요. 괜찮은 유럽 아가씨 뒤에 태우고. 나이 마흔에 그러면 참 재미있을 것 같아요. 그리고 환갑 때 연애하고 싶어요." 김광석이 이런 말을 할 땐 어디에도 죽음의 그림자는 드리워져 있지 않았다.

언젠가 방천시장 둑방 밑에 있는 '김광석의 길'을 걸어보고 싶었다. 그러나 세대 차라는 간극이 차일피일 미루게 하는 게 으름을 부추겼다. 그럴 때마다 나도 모르는 새 '서른 즈음에'란 노래가 이명耳鳴처럼 들려오면 소리통에 CD를 올려놓고 김광석의 목소리를 듣는 일이 잦아졌다.

오늘은 이상하게도 서른 즈음으로 돌아가고 싶었다. 오후 내내 그의 노래를 듣다가 '일어나'란 노래가 흘러나오자 도저히 가만히 앉아 있을 수가 없었다. "검은 밤의 가운데 서 있어 / 한 치 앞도 보이질 않아 / 어디로 가야 하나 어디에 있을까 / 인생이란 강물 위를 끝없이 / 부초처럼 떠다니다가 / 어느 고요한 호숫가에 닿으면 / 물과 함께 썩어가겠지 / 일어나 일어나 / 다시 한 번 해보는 거야"

그 길로 바로 방천시장으로 달려갔다. 그곳에는 노래하는 광석의 모습이 벽화로 그려져 있었고 공중에 매달린 스피커에선 쉴 새 없이 노래가 흘러나왔다. 그러나 그는 일어나지 않았다. 수성교 입구 대로변 코너에서도 그는 아끼던 기타 '마틴 M36'을 메고 동상으로 그냥 앉아 있었다.

골목 안 허름한 주점으로 들어가 요절한 영혼의 안식을 위한 추모의식을 치르기 위해 막걸리와 부추전을 시켰다. 스피커에서 흘러나오는 '서른 즈음에'가 살그머니 기어들어와 내 옆자리에 앉았다. "나도 좀." "그래 그래."

소리 향연

'보이지 않는 것은 보이는 것의 위에 있다'는 말은 맞는 말
인가. 불가에서 흔히 말하는 이 말은 참말일 수도 있고 그렇
지 않을 수도 있다. 선문답이나 화두 같기도 한 '보임'과 '안
보임'의 문제는 오랜 수행을 거치지 않으면 결론에 이르지 못
한다. 현상을 중시한다면 보이는 것이 우선이지만 정신을 소
중히 생각한다면 보이지 않는 것이 세상을 지배한다고 보아
야 하지 않을까. 그러면 보이는 것과 들리는 것은 어느 것이
우위에 있을까. 사람의 몸이 일천 냥이라면 눈이 팔백 냥쯤
된다고 한다. 보이는 것이 단연 으뜸일 수 있다. 그렇다고 눈
이 소리를 감지하는 귀를 깔보면 안 된다. 태초에도 소리가
먼저 빛을 불러와 낮과 밤을 구분했다고 창세기 서두에 소상
하게 씌어 있다. 눈은 안과라는 단과반의 단일 품목이지만 귀

는 이비인후과란 복합반의 선두주자다. 능엄경을 보면 눈은 팔백 가지 공덕을 갖고 있지만, 귀는 일천이백 가지 공덕을 지니고 있다고 기록되어 있다. 등 뒤에서 들리는 소리를 귀는 제자리에서 알아차릴 수 있지만, 눈은 돌아보아야 겨우 볼 수 있다. '들도 보도 못했다'는 말의 순서를 보면 누가 형인지 동생인지를 금방 알 수 있다. 소리를 듣는 귀는 역시 귀물貴物이다. 귀는 이비인후과의 반장답게 코가 담당하고 있는 냄새까지 자신이 관장할 때도 있다. 정좌난문향靜坐蘭聞香. '조용히 앉아 난초 향기를 듣는다.'는 옛 선비의 말씀은 귀가 누리고 있는 지고지순의 경지를 쉽게 설명한 것이다. 어떻게 무슨 보청기를 달았길래 향기를 귀로 듣는단 말인가. 오감을 대표할 만한 귀의 신경조직은 우리 몸 전체에 퍼져 있는 것은 혹시 아닐까. 그러니까 몸이 바로 귀라고 말하면 틀린 표현일까. 아니야. 영 틀린 말은 아닐 거야. 노르웨이의 표현주의 작가 에드바르드 뭉크가 그린 걸작 '절규'란 작품을 난초 향을 듣는 마음가짐으로 보고 있으면 온몸에 소름이 돋으면서 정말 공포의 절규가 피늘을 뚫고 날아와 심장에 박히는 것 같다. 이때 들리는 절규는 귀가 아닌 온몸을 통해 들린다. 몸을 통해 전달되는 소리는 반드시 전율을 일으킨다. 몸이 알아채는 전율은 바로 오르가즘이다. 아름다움의 극치다. 귀가 듣는 음은 소리의 단위인 데시벨로 측정할 수 있고 눈이 감지하는 빛은 밝음의 단위인 칸델라로 기록할 수 있다. 그러나 몸이 듣는 소리는 높은음 자리거나 낮은음 자리거나 아무 상관이 없다. 전율이 일 때 돋는 소름의 단위로 측정할 수밖에 다른 도리가 없다. 귀는 아름다운 소리만 듣기 좋아하는 편청주의자는 아니다. 뭉크의 그림 '절규'를 보고 있으면 귀를 틀어막아야 할 정도의 시끄러운 소리가 들리는 것 같지만, 그 속에는 원초적인 갈구와 애원이 배어있다. 그 그림을 보고 나면 산정에서 마음껏 고함을 지른 것처럼 시원하고 후련하다. 그런 은혜로운 감동의 터널을 빠져나오는 데는 적어도 한 며칠은 걸려야 한다. 나는 여태까지 소리 중에서도 그리움을 대표하는 예리성曳履聲(신발 끄는 소리)이나 애내성欸乃聲(노 젓는 뱃소리)같은 지극히 감성적인 것들만 좋아하고 사랑해 왔다. 바닷가 암자의 구석방에서 듣는 해조음은 얼마나 아름다우며 떡갈나무 낙엽 위에 '후두둑' 하고 떨어지는 빗방울 소리는 또 어떤가. 어디 그뿐인가. 낚시 바늘에 매달려 앙탈을 부리는 붕어의 물장구 소리는 어떻고, 술독에서 '뽀그륵' 하며 자지러지는 술 익는 소리는 비발디의 사계를 한 소절로 줄여 놓은 소리보다 훨씬 아름답다. 클래식을 전공하는 음악가들도 더러는 루이 암스트롱의 '화라 원더풀 월드'와 같은 쉰 목소리의 재즈와 해리 베라폰테의 '쟈마이카 패어웰' 같은 음악을 듣는다고 한다. 그러니 아름다운 낮은음 자리의 소리만을 찾아다닌 내게 뭉크의 '절규'는 새로운 각성이었다. 화집을 뒤적이다 뭉크의 '절규'를 만날 때는 오장육부가 확 뒤집어지면서 귀, 눈, 코 등 구멍마다 소리가 튀어나올 것 같은 낯선 소리의 향연은 참으로 흥미롭다. 내 의식 속에 차려져 있는 소리 만찬이란 밥상 위에 '절규'라는 새로운 메뉴가 추가되었으니 나는 정말 행복하다. 조선조 정조 때 다산이 한창 젊었던 시절, 친구들과 어울려 죽란시사란 모임을 만들었다. 그들은 가을철 이른 아침에 연꽃 필 때 들리는 소리를 듣기 위해 서련지 연밭에 조각배를 띄워 두었던 적이 있었다. 내가 좀 더 일찍 태어나 연꽃 만나러 가는 바람과 같은 그 선비들과 조우할 수 있었더라면 참 좋았을 것을.

연꽃 그림이 그려져 있는 연화주병蓮花酒甁에 연잎으로 담근 연엽주를 가득 채워 아침 해장술로 갖다 드렸을 텐데. 꽃잎에 맺힌 이슬을 마음속 가장 깊은 곳에 떨어뜨리는 듯한 청개화성聽開花聲을 즐기는 그들에게 뭉크의 '절규'를 연엽주 안주로 한 쟁반 올리면 뭐라고 했을까. 연꽃 옷고름 푸는 소리나 찾아다니던 샌님들이 아마 기절하고 나자빠졌을 거야.

그래, 그런 거야. 연꽃 필 때 들리는 소리나 '절규'의 소리나 모두 마음의 귀心耳로 들어야 하는 심오한 소리지만 따지고 보면 그게 그거지 뭐. 별것 아니야.

음악이 흐르는 나의 사원

기억은 지문을 능가한다. 지문은 가지 않고 행하지 않은 곳에는 찍히지 않는다. 그러나 기억은 지문만큼 믿을 것이 못된다. 가지 않았는데도 간 것처럼 착각을 일으킬 때도 있고, 행하지 않았는데도 행한 것처럼 우길 때가 있다. 이것을 심리학자들은 '착각 상관'(illusory correlation), 다시 말하면 마음이 만들어 낸 착각이라고 설명하고 있다. 이걸 기억의 갈피 속에 심기만 하면 거짓이 참이 되고 없었던 것이 있었던 것으로 바뀌기도 한다.

기억은 덧칠 선수다. 아름다웠던 옛일은 한껏 부풀리고 추한 과거는 물감을 두껍게 발라 지워버리려 한다. 기억은 때론 소설처럼 지어내고 삭제와 수정을 통해 보완 내지 미화하려 한다. 그래서 기억은 원음과는 조금 다른 편곡한 음일 수도 있고, 편견에 의해 편집된 비슷한 영상물이거나 멜랑콜리한 감상이 빚어낸 추출물일 수도 있다.

이것을 의학 용어로는 '회상성 기억조작'(retrospective falsification)이라 부른다. 사람의 기억은 주관적이어서 같은 일을 다르게 해석할 수도 있다. 때문에 현재의 필요에 따라 과거의 기억을 유리한 쪽으로 기억 자체를 변형시켜 그것을 사실인 양 믿어버리려고 하는 것을 말한다.

나는 가끔 가보지 못한 곳을 서성일 때가 있다. 그곳은 내가 가보고 싶은 곳이다. 이런 의식의 방황은 아름다운 여행이 되기도 하고 더러는 누추한 영혼의 안식처가 되기도 한다. 몽골이 그렇다. 어느 날 걸출한 괴짜 명인 몇 사람이 몽골 여행을 다녀와 나를 좀 만나자고 했다. 그들은 예술가들로 각자 자기 분야에서 일가를 이루고 있는 기인에 가까운 사람들이다.

그들은 몽골 어느 교외의 뻥 뚫린 천장에서 쏟아지는 별빛 아래 게르(GER·천막)에서 하룻밤을 지내면서 우연히 고향 이야기를 했다고 한다. 그런데 어느 누가 "그 친구도 벌써 이곳을 다녀갔을 것이다."라고 운을 떼자 모두가 "아마 그럴 것이다."라고 동의했다고 한다. 그 친구가 바로 나라고 했다. 이날 찻집에서 만난 시인은 나의 몽골 여행을 기정사실로 하고 "몇 년 전에 다녀왔느냐."고 물었다. 난감했다. 아직도 몽골은 나에게는 경험하지 못한 과거이거나 경험했던 오래된 미래일 뿐인데.

인터넷에 들어가면 '구름과 연어 혹은 우기의 여인숙'이란 블로거가 있다. 그곳에 들어가기만 하면 찌든 폐와 심장 그리고 내장까지 맑은 시냇물에 깨끗이 흔들어 씻어 제자리에 넣어주는 것 같은 음악이 울려 나온다. 사막의 모래바람이 날리는 소리 같기도 하고 집시 여인이 머리를 풀고 기막힌 슬픔을 노래로 달래고 있는 것 같기도 한 그런 음악이다. 이 블로거의 주인 이용한 님은 체 게바라식 여행을 추구하는 '여행가 동맹'의 지친 노마드로 자처하는 제대로 된 여행가다.

머릿속에 몽골이 떠오르기만 하면 이 노랫가락이 스산한 가을바람처럼 귓가를 스쳐 지나간다. 너무 허전하고 텅 빈 듯하여 절로 눈물이 나올 지경이다. '노래의 제목이 무엇일까. 가수는 몽골인일까. 어디서 이 노래를 구하지. 내가 몽골로 가야 하나.' 어느 날 헌책 가게에서 만난 티베트 명상음악이 이 노래와 비슷할 것 같아 들어 보지도 않고 샀지만 그건 어느 절간의 확성기에서 나오는 염불 소리와 다를 바 없었다.

꿈을 품으면 그 꿈이 이뤄지기에 나도 작은 꿈 하나를 키우고 있다. 그것은 바로 몽골 유목민들의 거주 공간인 하얀 천막 하나를 사는 것이다. 그래서 팔공산 자락에 있는 '참샘 산막' 옆 공터에 게르를 치고 펠트(양털)로 벽을 덮은 다음 남으로 창을 내면 정말 멋질 것 같았다. 나의 꿈은 그쯤에서 멎질 않는다. 욕심은 오히려 내부 치장에 있다.

게르의 중앙에는 나무를 때는 난로를 놓고 구멍이 뻥 뚫려 있는 천막 복판으로 연통을 밀어 올릴 것이다. 그리고 유목민들이 귀중한 물건과 무기 그리고 모린 후르(morin huur)란 악기를 놓아두는 호이모르(khoimor)라고 부르는 북쪽 공간에 소리통을 놓고 우기의 여인숙에서 들리는 그 노래를 틀 것이다. 간혹 친구들이 찾아오면 몽골에서는 흔한 가축인 양 대신 모이를 쪼고 있는 닭을 잡아 화덕에 얹어 구워 먹으리라. 머릿속에 막걸리를 담아 둘 암팡지게 생긴 술독까지 응달에 묻고 나니 나는 아무것도 부러울 게 없는 몽골 유목민이 되어 있었다.

마음은 점점 급해지고 있다. 여기저기 수소문해 보니 게르 하나의 값은 사오백만 원, LPG 가스통 두 개를 용접하여 만든 근사한 나무난로는 오십만 원 수준이었다. 그런데 여인숙의 표제 음악을 구할 수가 없었다. 이렇게 지체해선 안 되겠다 싶어 음악을 잘 아는 지인들에게 우기의 여인숙으로 들어가는 주소를 가르쳐 주면서 곡목을 알려 달라고 요청했더니 발빠른 몇몇 분들이 CD를 보내 주겠다는 연락을 해왔다.

그 노래의 제목은 '집시의 힘'(gipsy power)이며 벨기에 출신 그룹인 케옵스(kheops)가 불렀다고 소상하게 알려 주었다. 케옵스는 고대 이집트 제4왕조의 2대 왕의 이름을 따 그룹의 이름을 그렇게 지었으며 이 노래는 발칸스(balkans)란 음반에 수록되어 있다고 한다.

이 노래에 대한 궁금증을 사발통문을 놓아 풀고 있는 동안 여러 지인이 내가 모르고 있는 명상음악들을 소개해 주었다. 그리고 어떤 이는 티베트의 도인 나왕 케촉의 명상 음악을, 또 다른 이는 몽골의 전통음악인 흐미(khuumii)를 한 세트 보내 주었다. 나는 요즘 몽골에서 바람 부는 고비 사막을 건너 티베트로, 또 험준한 히말라야 차마고도를 거쳐 몽골로 내왕하느라 무척 바쁜 나날을 보내고 있다.

몽골의 게르로 만들어진 나의 사원에 '집시의 힘'과 같은 음악이 흐르면 얼마나 좋으랴. 낮술에 취해 낮잠 한숨 거나하게 자고 있으면 그 낮잠이 영원과 이어져도 좋고. 그래 정말, 영원과 함께 잠들어도 정말 좋고 말고.

에로티시즘의 낮과 밤

낮에 느끼는 에로티시즘은 시각적이고 밤에 느끼는 그것은 다분히 촉각적이다. 맞는 말이다. 낮에는 보이는 눈이 먼저 작전을 꾸미고, 밤에는 더듬이 짓을 곧잘 하는 손이 임무를 수행한다. '여자를 보고 음욕을 품는 자마다 마음에 이미 간음하였느니라.'는 성경 구절도 눈을 경계하는 낮의 말씀이지 밤의 에로스를 이야기한 것은 아니다.

이 구절에 이어 '내 오른 눈이 너로 실족게 하거든 빼 내버리라. 또 오른손이 그러거든 찍어 내버리라.'고 재차 경고하고 있다. 하루에도 여러 번씩 마음속으로 간음하거늘 '빼 버리고 찍어 내버리라' 했으니 어떡하면 좋아요. 하나님 아버지!

만일 그 말씀 그대로 실천했더라면 눈과 손을 제대로 간직하는 사람들은 아마 없을 것이다. 다만 낮의 에로티시즘에 시각적으로 미숙한 장님과 부모의 피임약 잘못 복용으로 손발 없이 태어난 기형아들이나 제대로 대접을 받았을까. 아마 그 랬을 것이다.

여러 해 전부터 풍류에 천착해 오면서 그 근간이 무엇인지 곰곰 생각해 보았다. 결국 풍류는 시詩와 술酒, 그리고 색色이라는 결론에 이르렀다. 선비 중에서 설익은 풍류객들은 술에 빠져 학문적 일가를 이루지 못했거나 여자에 취해 패가망신한 경우가 허다했다. 그랬던 선비들은 제대로 된 시나 산문한 편 남기지 못하고 요절했거나 살긴 명대로 살았어도 제값을 하지 못했다.

《어우야담》이란 책에 이런 이야기가 있다. 퇴계와 남명은 동년배로 생전에 단 한 번도 만난 적이 없지만 우스개 삼아두 사람을 한 자리에 불러 앉혀 이야기를 끌고 나간다. 퇴계가 먼저 입을 열었다. "술과 색은 남자가 좋아하는 것이지요. 술은 그나마 참기가 쉽지만, 여색은 참기가 가장 어려운 것이지요. 송나라 시인 강절은 '여색은 사람에게 능히 즐거움을 느끼게 하네.' 라고 했는데 여색은 그처럼 참기가 어렵다는 뜻이 아니겠습니까. 여색에 대해 어떤 생각을 갖고 있는지요."

남명이 "나는 이미 전쟁터에서 진 장수나 다름없습니다. 묻지 않는 게 좋겠습니다." 하였다. 퇴계는 "젊었을 때는 참고자해도 참기가 어려웠는데 중년 이후로는 꽤 참을 수가 있었으니 의지력이 생겼기 때문일 것입니다."라고 말했다.

옆자리에 앉아 있던 구봉 송익필이 그가 지은 시 한 편을 읽어 주었다. "옥 술잔에 아름다운 술은 전혀 그림자가 없지만 / 눈 같은 뺨에 엷은 노을은 살짝 흔적을 남기네. / 그림자가 없거나 흔적을 남기거나 모두 즐기는 것이지만 / 즐거움을 경계할 줄 알아서 주색에 은혜를 남기지 마라." 남명이 "구봉의 시는 패장을 경계하기 위한 것이로군요."라고 말하자 모두 웃었다.

성경은 섹스어필이란 낱말이 만들어지기 전에 쓰인 경전이다. 그렇지만 너무 가혹하다. 아름다운 여인을 보면 밭다리 후리기를 해서라도 넘어뜨려 보고 싶은 음심이 동하기 마련인데 '음욕을 품은 눈'을 빼버리라고 했으니 해도 해도 너무하다는 생각이 든다. '성경 참여 연대'라도 만들어 이미 눈과 팔을 잃은 장애우들과 함께 천당 가는 길목인 화장터 입구에서 피켓을 들고 시위라도 했으면 싶다.

섹스어필은 아담과 이브가 에덴동산에 마주 섰을 때부터 있어 온 원초적 욕구이자 생식의 선 난제나. 이성을 가슴에 품고 싶은 마음이 없으면 자손 번영은 기대할 수 없다. 이 세상을 성경이 가르치는 대로 음심으로 오염되지 않는 곳으로 만들려면 애초에 에덴동산에서 아담의 갈비뼈를 뽑아내지 않았어야 옳았다. 이건 순전히 하나님의 시행착오임이 분명하다.

오랜만에 집으로 돌아온 원양어선 선원이 "상부터 볼까요,

자리부터 볼까요." 란 아내의 질문에 대한 답을 아시는 분들은 이 글 속의 이의 제기에 은근하게 동조하리라 믿는다. 예부터 밥보다 더 좋은 게 여색이며 숟가락 들 힘만 있어도 여자를 탐하는 게 남자의 생리구조라고 한다. 그러니 아무리 패전 장수라 하더라도 전황이 급박해지면 녹슨 칼을 다시 차고 나설지 누가 알겠는가.

이익은 《성호사설》에서 이렇게 말했다. "정욕은 불과 같고 여색은 섶과 같다. 불이 장차 치성하려 하는데 색을 만나면 반드시 타오른다. 게다가 술이 열을 도와주니 그 힘을 어찌 누를 수 있겠는가." 그러나 세 선비는 '불도 불 나름, 섶도 섶 나름'이라며 점잔을 빼고 앉아 있었지만, 속마음이 꼭 그런 것만은 아니었겠지.

내가 만약 그 시대에 태어나 선비들의 자리에 끼일 수 있었다면 술상 한 번 근사하게 차려내며 멋진 시 한 편을 낭송했을 텐데. 나는 늦은 출생에 원한이 많은 사람이다.

어느 먼 곳의 그리운 소식이기에
이 한밤 소리 없이 흩날리느뇨
처마 끝에 호롱불 여위어 가고
서글픈 옛 자취인 양 흰 눈이 내려
하이얀 입김 절로 가슴에 메어
마음 허공에 등불을 켜고
내 홀로 밤 깊어 뜰에 내리면

먼 곳에 여인의 옷 벗는 소리.
- 김광균의 시 '설야' 의 일부

반야심경의 '색즉시공色卽是空 공즉시색' 이나 풍류의 '시주색詩酒色 색주시' 나 크게 다를 바 없다. 시詩가 여인[色]이 되고 색이 다시 말씀[詩]이 되듯 색色이 공空이 되고 텅빔[空]이 꽉참[色]이 되는 이 난해하고도 거룩한 원리! 하나님, 우리 모두의 눈과 팔을 거두어 가세요. 마하바라밀다심[空]을 외우다 비비디 바비디 부우[色]란 노래를 부르네.

어둠 속의 판화

어둠 속에서도 빛이 나는 것들이 더러 있다. 강물 위에서 수군대는 별빛, 낯선 주막거리에 내 걸린 주酒자 등불, 음울하고 누추한 시대의 성자 등이 빛나는 것들이다.

내가 걸어온 지난날은 어둠의 터널이었다. 그러나 그 길고 긴 행로 중에서도 한 가닥 빛을 볼 수 있었던 시간도 있었으며 하 많은 슬픔과 서러움 속에서도 잠시 웃고 즐거워할 수 있었던 소중한 기억들이 인생의 삽화로 가슴 한구석에 남아 있음은 크게 다행한 일이다.

내 어린 날은 궁핍과 허기의 연속이었지만 가난이 웃음까지 앗아가지는 않았다. 행과 불행은 재물의 과다가 아닌 기쁨의 유무로 결정된다면 웃음은 행복 열차의 출발점에서 울리는 팡파르에 다름 아니리라. 우리 집은 가난했지만 행복했고 웃음소리가 호박을 업고 있는 낮은 돌담을 넘어 고샅에 깔렸다.

고향 집은 문화유산 답사팀들이 볼 땐 정면 삼 칸 측면 단칸의 초옥이다. 고급스럽게 말하면 그렇지만 실은 대청과 툇마루도 없는 방 두 개 부엌 하나인 나지막한 초가다. 동쪽 둥시 감나무 밑에 문 없는 별채 변소가 있었고 서쪽 담 밑에는 횟대가 높은 닭장이 있었다. 게다가 바깥마당 한구석에는 일 년 사철 물이 마르지 않는 우물이 토란을 키웠으며 남새밭엔 푸성귀들이 무진장이었으니 부족이 무엇인 줄 몰랐다.

농사일로 골몰하시는 어머니는 저녁 숟가락 놓기 무섭게 곯아떨어지셨다. 다섯 아이는 밤마다 호롱불을 먼저 차지하려고 싸움질을 했다. 누나 중 어느 누가 양초 동가리를 구해 불을 켜는 날은 헬렌 켈러가 한 삼 일쯤 눈을 뜨고 밝은 날을 보는 것처럼 너무 밝아 정말 눈이 부셨다. 눈이 부시게 푸른 날은 그리운 사람이 더욱 그리워질지는 몰라도 나는 양초 불빛 밝았던 푸르른 그 밤이 한없이 그립다.

농촌의 겨울은 일이 없다. 동네 어른들은 초당방에 모여 새끼를 꼬고, 아녀자들은 쌀 한두 홉씩을 주렴하여 '백썸(백설기의 사투리)을 하거나 호박오가리 떡을 하기도 했다. 동네 청년들은 긴 겨울밤을 즐길 요량으로 부엌의 재를 퍼 담아 닭서리에 나선다. 닭을 붙잡아 재 한 바가지를 덮어씌우면 꼬꼬댁 소리도 지르지 못하고 숨이 막혀 죽는다는 소문이 돌자 부엌의 재가 남아나지 않았다.

농촌의 겨울밤은 을씨년스럽다. 그 와중에도 눈 오는 밤은 참으로 아름답다. 건너다보이는 앞집과 옆집의 지붕은 그렇게 먹고 싶었던 하얀 앙꼬 빵을 엎어 놓은 것처럼 소담스럽다. 겨울밤에 '무엇이 먹고 싶다'는 생각은 마왕魔王의 수작이다. 식욕이라는 음식을 향한 그리움이 발작을 하게 되면 색욕色慾 수욕睡慾 안욕眼慾은 저리 가라다.

곤하게 주무시던 어머니의 "밖에 눈 오나 봐라"는 말 한 마디는 바로 비상을 알리는 종소리다. 잠결에 서까래가 눈의 무게를 이기지 못해 "우지끈" 하는 소리를 들으셨던 모양이다. 과부 가족 분대원들은 바로 지붕 위에 쌓인 눈을 쓸어내리는 작전에 돌입해야 한다. 서까래가 부러지면 눈 더미가 방안으로 떨어질지도 모를 일이다.

누나 셋을 제치고 장남인 내가 사다리에 반쯤 올라가 긴 대나무 장대로 눈을 털어 내린다. 마당에 떨어진 눈을 치우면서 어머니는 "우리 아들 잘한다."고 연신 격려와 칭찬을 보낸다. 칭찬은 고래를 춤추게 한다더니 어머니의 격려 한마디가 눈 내리는 밤 지붕 위에 잔뜩 쌓인 눈을 힘든 줄 모르고 끌어내리게 하다니.

한바탕 눈과의 전쟁을 치르고 나니 배가 고팠다. "담 밑 무구덩이에 묻어 둔 무라도 몇 개 깎아 묵업시더." 어머니는 "뭐라꼬."라는 부정적인 의사를 내비치다가 할 수 없었는지 "그래라."고 하셨다. 그 무는 초봄 나박김치용으로 저장해 둔 것인데 아들이 "깎아 먹자."라고 억지를 부리니 이길 재간이 없었나 보다. 이번에는 괭이와 삽을 들고 언 땅을 파기 시작했다. 하룻밤에 두 차례 전쟁을 치르는 셈이 됐다. 구덩이 입구를 막아 둔 볏짚 마개까지 빼냈는데 팔이 짧아 손이 닿지 않는다. 그렇다고 포기할 수는 없었다. 부엌칼을 들이밀어 보니 길이가 제대로 맞았는지 무가 찔려 나왔다. 두 번째 전투까지 승리한 '윈윈 전략'의 성공이었다.

깊은 구덩이 속에 들어 있던 무는 얼지 않은 생무 그대로였다. 푸른 부분 쪽부터 한 입 베어 먹어보니 얼마나 시원하고 맛이 있던지 아직도 그 맛을 잊지 못하고 있다. 어둠 속에서 빛이 나는 것들이 별빛, 등불, 성자뿐만은 아니다. 눈 오는 그날 밤에 먹었던 눈구덩이 속의 생무도 어둠 속에 빛을 발하는 발광체가 분명했다. 무 한 조각의 감동이 기억 속에 생생하게 살아남아 지금도 내 마음의 벽면 높은 곳에 '어둠 속의 판화'처럼 걸려 있다. 그 판화의 제목은 '그리움'이다.

조선의 팜므파탈

제1화 덕중이

청령포 나루터 주막에 앉아 술을 마신다. 강물은 별나라 수군水軍들의 연병장이다. 병사들은 칼싸움을 하는지 칼날에 튀긴 섬광이 서쪽 하늘로 사라지기도 하고 강물 속에 빠져 허우적거리기도 한다. 그런 가운데 사원의 큰 등불 같은 달이 은은하게 불을 밝혀 어른어른 달빛을 비춰주면 물속에 잠겨있는 혼령들이 물비늘을 털고 하늘로 올라갈 것 같은 서늘한 밤이다.

창가에 홀로 앉아 별 안주 없는 소주를 한 시간쯤 마시기로 했다. 술을 마시며 오늘 밤의 화두를 궁녀 덕중으로 정했다. 이곳 청령포는 단종이 귀양 와서 살았던 곳이니만큼 화두의 주제도 단종이 되어야 마땅하지만, 굳이 덕중을 택한 것은 나름대로 이유가 있다. 단종과 덕중은 둘 다 세조에 의해 죽임을 당한 사람들이다. 단종은 세조의 조카지만 덕중은 세조의 아들을 낳은 궁녀, 즉 왕의 여자다. 그리고 단종의 이야기는 역사를 통해 많이 알려져 있지만, 덕중의 사연은 아는 이가 거의 없어 이를 알리기 위함이다.

정한 시간 동안에 단 한 사람만 생각하기란 그리 쉬운 일은 아니다. 스님들이 안거 기간 동안 화두 하나를 들고 선禪에 들지만 용맹정진하지 못하고 사방에서 달려드는 마귀 떼와 이 전투구를 벌이는 것도 전력 집중을 하지 못하기 때문이다. 사람의 의식 속에는 무의식(unconsciousness)이 잠재해 있고 무의식 속에도 의식의 흐름(stream of consciousness)이란 게 존재하기 때문에 생각은 꼬리에 꼬리를 무는 법이다.

주막의 창밖으로 보이는 청령포 남쪽 능선은 어둠에 묻혀 희끗하고 별나라 수군들이 병력지원차 별똥별을 타고 강물 위로 떨어지는 모습들을 보고 있노라면 참선에 든 의식도 곧 잘 흐트러지고 만다. 생각이 빗나갈 때마다 각성제로 털어 넣는 수주는 혼란을 디스리는 죽비노니가 되시노 안나. 복젓을 타고 내려가는 맑고 투명한 술기운은 목구멍 군데군데 가로등을 밝혀 은은하게 환하다.

조선의 왕들이 자식을 죽이고, 형제를 살해하고, 데리고 살던 처첩을 참수한 예는 아주 흔하다. 영조가 아들인 사도세자를 뒤주에 가둬 굶겨 죽였으며 태종은 왕권을 잡기 위해 형제와 신하들을 때려죽였다. 어진 임금으로 알려져 있는 세종도 왕의 여자인 궁녀 내은이가 내시 손생을 사랑하게 되자 두 연인을 참형으로 다스렸다.

세조도 이런 문제에 대해선 조금도 뒤지지 않는다. 경주 남산 기슭에 있는 서출지의 전설에 나오는 왕은 거문고집 속에서 사랑을 나누고 있는 궁녀와 연인인 승려를 활로 쏘아 죽이듯 배반자를 죽이는 데는 도가 터진 사람이다. 그는 질투와 분노의 화신이다. 역사는 원래 승자의 편이어서 세조도 때로는 인간미가 넘치는 사람으로 미화하고 있지만 나는 동의하지 않는다.

덕중은 수양대군인 시절의 세조를 잠저에서 가까이 모셨던 자태가 아름다운 여인이다. 세조가 왕권을 찬탈하여 보위에 오르자 덕중도 일약 정3품인 후궁의 신분으로 급상승한다. 그러나 왕이 된 세조는 대궐에 들어온 후로 궁녀들의 꽃밭에서 낯선 꽃 꺾기 재미에서 헤어나지 못하고 덕중에겐 눈길 한 번 주지 않는다.

신분 상승에 따른 권세와 호사도 덕중의 외로움을 갚아 주지는 못했다. 그녀의 마음속에 바람이 일기 시작한다. 원래 끼 많은 여인은 끓어오르는 피의 기운을 억제하지 못하는 불나비의 속성을 지니고 있다. 덕중이 그랬다. 왕의 여자는 누가 건드려도 안 되고 스스로 '건드려 달라'고 애원해서도 안 된다. 그랬다간 둘 다 죽음을 면치 못한다.

독수공방에서 맞는 밤은 외롭고 쓸쓸했다. 덕중은 마음속에 점찍어 둔 세조의 동생인 이구의 아들 이준李浚에게 한 통의 연애편지를 보낸다. 왕의 여자인 덕중은 다른 사람을 사랑한다는 것이 죄인 줄을 번연히 알면서도 몸속 은밀한 곳에서 수군거리는 피와 끼의 수다를 이겨내지 못한다.

"봄비가 내려 궁중 연못에 연꽃이 피었습니다. 홀로 연꽃을 보는 방자의 심사는 몹시 곤고합니다. 군께서 잠저에 오실 때 관옥 같은 얼굴을 훔쳐보면서 연모하는 마음을 키워 왔습니다. 심처에 있는 처지라 구구한 마음 전할 길 없으나 죽어도 사모하는 마음 달랠 길이 없습니다."

언문으로 쓰인 덕중의 서간을 받은 이준은 아버지에게 고했고 아비인 이구는 이 사실을 형인 세조에게 무릎 꿇고 아뢰었다. 연서사건의 시말을 보고받은 세조는 한참 동안 버려두었던 덕중의 해맑은 얼굴을 떠올리고 묘한 페이소스에 휩싸였다. "내가 너무 했구나, 그래도 그렇지." 세조는 한동안 갈피를 잡지 못했다.

"내가 신의 고문일 싯나. 모두 잡아들이라." 세조의 엄명이 떨어지자 연서를 전달한 내관 최호와 김주호는 목숨이 끊어질 때까지 곤장을 맞는 박살형에 처했다. 그리고 그 일과 연관이 있는 궁녀 둘도 볼기짝이 터져 피투성이가 되어 죽었다. 사육신을 능지처참형에 처하고 계유정난을 일으켜 황보인과 김종서를 척살하고 살생부를 만들어 수많은 사람을 죽인 세조는 눈 하나 깜짝하지 않고 여인의 배신을 곤장으로 다스렸다.

세조는 젊은 한때 자신과 사랑을 나눈 덕중은 죽이고 싶지 않았다. 그러나 신하들은 지난번 환관 송중에게도 연서를 보낸 적이 있는 그녀의 행실을 들추며 끝까지 엄형을 주장했다. 세조도 할 수 없이 사랑했던 여인 덕중을 도성 밖에서 교수형에 처하게 했다.

목에 올가미를 거는 순간 덕중은 누구의 얼굴을 떠올렸을까. 세조였을까, 아니면 이준이었을까. 마지막으로 그녀는 무엇을 생각했을까. 우체국에서 연애편지를 썼던 유치환 시인처럼 "사랑했으므로 행복하였노라"라고 했을까. 정말 그랬을까. 나중 저승에 가면 세조가 오줌 누러 간 사이 덕중에게 살짝 물어 볼 작정이다. 덕중은 정말 조선 최고의 멋쟁이다. 그런 멋쟁이와 사랑하다 죽어도 좋을 연애 한번 하고 싶다.

제2화 어우동

어우동 하면 많은 사람이 그녀를 안다고 말한다. 변강쇠 하면 역시 소문난 옆집 아저씨나 되는 듯 웃기부터 한다. 그와 그녀에 대해 무엇을 얼마나 아느냐고 물으면 아무도 선뜻 대답하지 못한다. 한 시대를 주름잡은 색계色界의 스타들인 줄은 알겠는데, 그들이 출연하는 영화는 보지 못하고 소문만 들었다는 뜻이다.

그렇다. 이 세상은 소문의 강물에 떠밀려 강심을 흐르는 진실은 알지 못하고 표피에 묻어 있는 한 자락 현상을 고정관념이란 끈으로 꽁꽁 묶어 매도해 버리는 경우가 숱하다. 어우동의 경우도 이와 같다. 아무도 그녀의 진심은 헤아려 보지 못하고 떠도는 소문만 믿고 음탕한 여인의 표본으로 기억하고 있다.

이 세상에서 가장 슬픈 여인은 병든 여인도, 버림받은 여인도 아니다. 잊힌 여인이 가장 슬픈 여인이라고 한다. 어우동 또한 이 세상에서 가장 슬픈 여인 중의 한 사람인 잊힌 여인이다. 그녀는 무관심에 대한 앙갚음이라도 하려는 듯 겉으로 보기에는 화려한 환락의 험한 길을 스스로 걸어간 것은 혹시 아닐까.

그녀는 조선조 성종 때 여인이다. 본명은 어을우동으로 승문원지사 박윤창의 딸이다. 성년이 되어 태강 현감 이동의 부인이 되었다. 왕실의 인척이자 명문 사대부 출신인 남편은 글 읽고 시 짓기에나 관심을 쏟을 뿐 아내를 안아주는 일에는 매우 소홀했다. 밤이 되어도 혼자 사랑에서 잠을 자는 경우가 많아지자 안방은 그야말로 독수공방이었다.

동식물은 물론 사람까지도 돌보는 손길이 미치지 못하고 관리가 허술해 지면 야성으로 돌아가려는 속성이 강해진다. 씨앗을 뿌린 밭에 호미날이 지나가지 않으면 묵밭이 되고 키우던 강아지도 버려두면 들개가 된다. 남편의 살가운 손길에서 벗어나 있는 잊힌 여인이 가야 할 길은 발정난 암고양이처럼 뜨거운 양철 지붕 위를 배회하는 길밖에 다른 도리가 없었으리라.

어우동은 집마당에서 베잠방이 차림으로 은그릇을 만들고 있는 건장한 체격의 은장이에게 뜨거운 눈길을 보냈다는 이유로 남편에게서 내침을 당한다. 소박 순간은 괴로웠지만, 천성이 수다스러웠던 어우동은 해방과 동시에 자유를 얻게 된다. 그야말로 '마이 웨이'의 주인이 된 것이다.

어우동은 친정집 구석방에서 마냥 울고 있을 수만은 없었다. 계집종을 거간꾼으로 인물이 준수한 오종년이란 청년을 정부로 삼는다. 선비 남편의 체면치레 방사에 비하면 열과 성을 다하는 젊은이의 건강한 행위는 정말 감격스러웠다. 어우동의 마음은 바람을 안은 방패연처럼 구름 속을 날았다. 그녀는 더 높은 하늘을 날기 위해 또 다른 상대를 찾아 길을 나선다.

단위와 함량에 대한 이해와 각성이 없는 사람들에게 흔히 '쟁이'라는 칭호가 따라 붙는다. 아편쟁이가 그렇고 오입쟁이가 그러하다. 분수를 모르고 불 속으로 뛰어드는 부나비처럼 대부분의 '쟁이'들은 함량 초과에 따른 보상을 파멸로 갚는다. 어우동도 예외는 아니다.

성종 11년 봄, 꽃과 나비들의 함성으로 산천이 시끄러울 때다. 어우동은 계집종과 함께 살래살래 엉덩이를 흔들며 길을 가다 허우대 멀쩡한 남정네를 낚아 올린다. 서리 김의향. 그는 "길가의 버들가지를 꺾어 보면 어떻겠소."라는 무심코 던진 농담 한마디가 바짝 물오른 어우동의 낚시에 걸린 것이다. 그러니까 누가 낚시꾼이며 누가 고기인지 모를 정도의 의기투합이 그날로 일을 치르게 하였다. 어우동은 오종년에게 한 것처럼 새 정부의 이름을 자신의 등에 문신으로 새기고 다시 길을 떠난다.

어우동은 방산 현감 이난의 집 앞을 지나다 서로가 서로의 낚시에 걸려 동시에 넘어진다. "너는 내 해로다." "그대가 내 해 아니오." 이 한마디 말 외에 다른 말이 필요 없었다. 그녀는 이난의 이름을 팔목에 문신으로 새기고 현감은 한지에 시 한 수를 적는다.

물시계의 물은 뚝뚝 떨어지고 동녘 밤기운은 맑은데
높은 흰 구름을 감은 것은 달빛 분명하도다.
텅 빈 방 적막한데 그대 향기 남아 있어
꿈속 정을 다시 그리겠구나.

어우동은 한 남자에게 매여 있을 여인은 아니다. 햇살이 쏟아지면 날아가고 마는 풀잎 사랑 같은 기억의 정표는 문신으로 남기면 그뿐 더 이상 구속되거나 속박 받지 않는다. 단오가 되자 어우동의 그네 타는 모습에 반한 수산 현감 이기가 계집종에게 문자 메시지를 보낸다. "아씨를 한 번 만날 수 없겠니. 정말 그럴 수는 없겠니." 어우동이 낯선 남정네를 만나

볼일 보고 돌아서기란 아침밥 먹고 숟가락 놓는 일처럼 간단했다. 그러나 이기의 이름은 문신으로 새겨두지 않았다.

그런데 현감이란 작자들은 고을 다스리는 일은 소홀히 하고 남의 아녀자 등과 팔뚝에 문신 새기는 일에 골몰했으니 백성들은 초근목피로 연명할 수밖에 없었으리라. 원님들의 행실이 이러했으니 아전들의 행동도 불문가지. 전의감 생도 박창강은 노비를 팔기 위해 어우동의 집에 들렀다가 대낮에 밀애를 나눴으며 이난의 심부름을 온 이근지도 주인인 현감 어른의 노리개를 마치 제 것인 양 돌리고 굴리며 오만 방정을 다 떨었다.

성현成俔이 쓴 《용재총화》의 어을우동 편을 읽다 보니 역린逆鱗이란 낱말이 생각난다. '물고기 비늘 중에는 거꾸로 박힌 비늘 하나씩은 반드시 있기 마련'이라는 그 역린이 교수형장에서 올가미를 걸고 있는 어우동의 얼굴 위에 자꾸만 겹쳐진다.

물고기 몸에 거꾸로 박혀 유영의 반대쪽으로 날을 세우고 있는 비늘은 하나님이 심심해서 그렇게 만드셨겠지만, 어우동의 마음속에 깊이 박힌 그 역린의 흔적은 누구의 짓일까. 이 겨울, 어우동이 살았던 한양에 갈 일이 있으면 KTX 열차의 역방향 좌석에 앉아 그녀의 상처에 새겨진 문신과 물고기의 역린에 관한 상관관계를 곰곰 생각해 봐야겠다.

제3화 유감동

시 한 편의 감동이 경전 읽기보다 더 클 때가 있다. 뜨거운 김이 오르는 커피잔을 들고 조간신문을 들추다 오세영 시인의 '그릇'이란 시를 만난다. 가만가만 읽다 보니 묘한 각성이 일어나 커져 버린 두 눈이 "소리 내어 크게 읽어라."라고 소리친다. "찢어진 상처는 칼날이 된다." 나는 소리 내어 크게 읽는다.

깨진 그릇은
칼날이 된다.

절제와 균형의 중심에서
빗나간 힘,
부서진 원은 모를 세우고
이성의 차가운
눈을 뜨게 한다.

맹목의 사랑을 노리는
사금파리여,
지금 나는 맨발이다.
베어지기를 기다리는
살이다.
상처 깊숙이서 성숙하는 혼

깨진 그릇은
칼날이 된다.
무엇이나 깨진 것은
칼이 된다.

따지고 보면 깨지고 찢어진 것들은 모두 날 선 칼날이다. 유리와 그릇이 그러하고 자동차와 비행기도 예외는 아니다. 주변에 널려있는 물상들은 그러려니 하고 지나칠 수 있지만 상처받은 영혼을 지닌 사람들은 마음이 칼날이 된다. 칼에 베어진 상처는 다시 칼날이 된다. 날 선 칼날은 용서를 모를 뿐 아니라 배신하지도 않는다.

조선조 세종 때 음란한 여성으로 첫 손에 꼽혔던 유감동兪甘同은 타고난 음부는 아니었다. 그녀는 검한성檢漢城 유귀수의 딸로 양반 출신이었다. 무안군수 최중기와 혼례를 올린 지 얼마 되지 않아 무뢰한인 김여달에게 성폭행을 당한 후 인생행로를 바꿔 버린 가련한 여인이다. 연약한 여인이 푸른 칼날로 변신하자 무수한 사대부가 치마폭에 감겼다가는 피를 흘리지 않은 이가 없었다. 여인의 앙심을 '오뉴월 서리'로 표현하는 이유가 거기에 있다.

유감동은 무안의 남편 곁에 있다가 일상의 무료함을 이기지 못해 친정인 한양으로 올라오는 길에 김여달을 만났다. 김여달은 때마침 일어난 살인사건의 범인을 잡는다며 유감동을 외진 곳으로 끌고 가 겁탈을 했다. 둘 다 그것으로 끝이 났으면 다행이었는데 운명은 그들을 버려두지 않았다. 조혼으로 남편에게 정을 느끼지 못하던 유감동은 "아니야, 이러면 안 돼."하면서도 억센 성폭행범을 남모르게 그리워했고, 김여달도 토끼처럼 빨리 치른 풀숲 신방의 추억을 지울 수가 없었다. 김여달은 '죽으면 죽고 살면 살고' 식의 앙코르 공연을 치밀하게 준비하기에 이른다.

조선 시대에는 남편 있는 여인이 정절을 지키지 못하면 죽는 것이나 다름없었다. 그리고 남정네가 사대부의 부인을 겁간한 것이 들통나면 참수형을 당해야 했다. 그렇지만 한 번 들인 맛(?)의 기억은 죽음과도 바꿀 수 있는 값진 것이어서 둘은 포기하지 않았다. 유감동은 남편의 눈을 속이고 터프가이를 만났고, 김여달은 죽음을 무릅쓰고 미모의 원님 부인을 품에 품고 운우지정의 황홀경에서 노닐었다.

유감동은 과감했다. 남편과 잠을 자다 뛰쳐나와 그 길로 줄행랑을 쳤다. 김여달을 찾아 한양으로 내달린 것이다. 한 번 젖은 놈은 두 번 젖지 않는다. 김여달이 십을 비우면 또 다른 남자를 집안으로 끌어들였다. 그것도 모자랐다. 낯선 이들을 낯설지 않게 만들어 치마폭에서 간을 절이고 숨을 죽였다. "행하行下(기생에게 주는 보수)만 준다면 누구라도 좋지요." 유감동의 이 말 한마디가 장안에 줄서기 풍경을 연출하기에 이르렀다.

유감동의 소문은 삽시에 퍼졌다. 한량들은 누구나 한 번쯤 만나 보기를 소원했다. 연줄만 닿으면 어깨만 쳐도 나자빠지는 유감동과 즐기는 일은 그리 어려운 일이 아니었다. 유감동은 김여달의 품을 벗어나 영의정을 지낸 정탁의 첩으로 들어간 적이 있지만 대감의 조카 정효문을 끌어들여 숙질 사이의 위계질서를 동서지간으로 흩트려 놓기도 했다.

당시 유감동과 관계를 맺은 사내들은 드러난 숫자만 오십여 명에 이른다. 일일이 이름을 밝히고 사헌부에 끌려가 곤장 몇 대씩을 맞았는지 그들이 받은 형벌을 열거하는 것이 마땅하다. 그러나 시방 우리나라의 법은 피해자 보다 피의자의 초상권과 인권을 더 중시하여 성폭행 연쇄 살인범의 얼굴을 언론에서 공개하지 않는 것을 본떠 그걸 따르려는 게 아니라 지면이 모자라 그렇게 하지 못함을 유감으로 생각한다.

유감동과 몸을 섞은 사내들 명단에 황희 정승의 맏아들 황치신도 끼어 있다. 정승의 셋째 아들 수신도 미모의 기생과 오래 바람을 피우다 황희가 "부자지간의 연을 끊겠다."는 폭탄선언을 하자 기방 출입을 자제한 적이 있다. 이렇듯 아들들의 바람기를 잠재우느라 아비인 황희 정승의 마음고생도 꽤 심했으리라. 어쨌든 치신도 형벌은 피할 수 없어 곤장 팔십 대를 맞고 반쯤 죽은 몸이 되어 집으로 실려왔다고 역사는 전하고 있다.

지금 이 시점에서 우리는 유감동을 어떻게 봐야 할까. 성폭력 피해자임을 감안하여 그녀를 무조건 두둔하기도 그렇고, 성폭행 이후의 무절제한 음행을 이유로 희대의 음녀라고 침을 뱉을 수도 없다. 이럴 땐 용서와 배반을 모르는 칼날의 속성을 상기할 필요가 있다.

모든 깨진 상처는 칼날이 된다는데 유감동의 찢어진 몸과 마음의 상처도 칼집 속의 칼날로 머물러 있기를 거부하고 밖으로 뛰쳐나왔음이 분명하다. 성폭력 피해자들이 마음에 안정을 얻지 못하고 정신분열증세에 시달리거나 더러는 자포자기 심정으로 본의 아닌 엇길을 걷는 경우를 흔하게 볼 수 있다. 유감동의 탈선 음행도 성폭력 피해라는 원인에서 비롯되었다고 봐야 할 것 같다.

유감동은 당시의 법에 따라 곤장을 흠씬 두들겨 맞고 사면이 되어도 방면되지 못하는 변방의 노비로 전락했다. 안타까운 일이다. 훗날 성폭력 피해자들을 위로하는 추모비가 혹시 세워진다면 유감동의 이름 석 자도 함께 새겼으면 한다. '성폭력 피해자 원조 유감동'

촛불 제사

우리 집은 제사를 모시지 않는다. 어머니가 크리스천이기 때문이다. 아버지의 기제사만은 지내고 싶었지만 여든여덟에 돌아가신 어머니의 위엄에 눌려 입 밖에 내지도 못하고 어린 시절을 보냈다. 만약 뜻을 밝혔더라면 어머니는 '내 앞에 다른 신을 두지 말라'는 십계명을 들추면서 모든 죽은 자들을 잡신으로 몰아붙였을 것이다.

고향 북망산천에 누워 '다른 신' 취급을 받고 계시는 아버지는 제상 한 번 받지 못한 배고픔을 어떻게 이겨내고 계시는지 궁금하다. 예수 그리스도와는 통성명도 못 해본 외로운 영혼은 술 한 잔에 밥 한술 잡숫지 못하고 기아에 허덕이다 두 번째로 운명하여 저승보다 더 먼 곳으로 떠나지는 않았을까.

제사는 나의 오랜 숙제였다. '어동육서'니 '생동숙서'니 하

며 제상 차리는 법을 배워 혼자 엎드려 절한다고 해도 가족들
이 동의할 리 없다. 숙고 끝에 고안해 낸 것이 혼자 마음속에
촛불 하나 켜고 고인을 추모하는 일이었다.

칠십 년대 초, 내가 다니던 신문사의 사장님이 돌아가신 후
이 년쯤 지났을까. 그 어른의 맏아들에게서 "올부터 제사를
함께 지냈으면" 하는 부탁을 받았다. 그는 슬하에 딸만 두고
있었다. 혼자서 술 따르고 절하는 등 제사장 역할 하기가 몹
시 바빴던 모양이다.

기일은 추석을 쇠고 엿새째 되는 날. "저녁 일곱 시에 제사
를 지낸다."는 기별이 왔다. 술자리서 괜히 해본 농담이겠거
니 했는데 그게 아니었다. 시간에 맞춰 도착한 나에게 유건을
씌우고 흰 광목 두루마기를 입혔다. 나는 타인의 제상 위에
마음속에 홀로 타고 있는 아버지를 위한 촛불 한 자루를 슬그
머니 올려놓았다.

제사는 칠 년간 계속됐다. 그러다가 간암을 앓던 친구가 저
승으로 가버렸다. 육탈현상이 심하게 진행되어 식도가 막혀
버린 친구는 부인의 통역으로 "위료민 싱주 노릇을 해 달라.
고 했다. 나는 고개만 끄덕였다. 새로 맞춰 입은 검은 양복에
조장을 차고 장례 당일 내빈접대 담당으로 나서 친구와의 약
속을 지켰다. 그리고 보니 나는 타인의 상주될 팔자를 타고났
나 보다.

칠십 년대 중반을 넘어서자 제사가 또 하나 더 늘어났다. 내

가 가장 존경하는 대학의 은사께서 쉰하나란 이른 나이에 갑자기 유명을 달리한 것이다. 그는 셰익스피어를 가르친 영문학자이자 '우물'이란 작품이 서울신문 현상공모에 당선되어 국립극장 무대에 올려진 희곡작가였다. 그보다도 선생님에게 가장 걸맞는 칭호는 로맨티시스트로 학생들 사이에 인기가 가장 높았다.

그의 실력과 명성을 시샘하는 동료교수에 치여 선생님은 교수 재임용에서 탈락하셨다. 하루는 퇴근 무렵 단골집인 '혹톨쿠럽'으로 나를 불러 울분을 쏟아 놓으셨다. 그날 밤은 상심한 가슴에 위로를 드릴 방법이 생맥줏집 한두 군데를 더 들르는 일밖에 없었다. 선생님을 택시로 집 앞까지 모셨으나 "아니야, 오늘은 자네 집에 가봐야 해."라고 말씀하시곤 내리지 않으셨다. 선생님은 별 안주 없는 맥주 몇 병을 드시고는 비 오는 밤길 속으로 총총히 떠나셨다. 그게 선생님과의 마지막 이별이었다.

선생님이 어떻게 우리 집에 오실 생각을 하셨을까. 초등학교 담임이면 야간 가정방문을 오신 것이 그리 낯선 풍경은 아닐 터이지만 대학의 은사께서 늦은 밤길의 취중 예방은 예사로운 일은 분명 아닐 것이다. 아마 그날 밤 선생님께서는 이승에서 꼭 끝내고 가야 할 숙제를 한 것이 아니었나 싶다. 임종을 앞둔 사람은 생전에 가봐야 할 곳은 죄다 둘러본 후 마음속에 미진한 찌꺼기가 남지 않은 상태에서 운명한다고 한다. 선생님도 정말 그랬을까.

선생님이 돌아가신 후 세상이 너무 황량하고 쓸쓸하여 술 맛조차 나지 않았다. 그래서 마음을 다독일 방법으로 기일(8월 15일) 다음날을 제삿날로 정하고 '혹톨쿠럽'에서 혼자 촛불 하나 켜놓고 제사를 지냈다. 500CC 두 잔을 시켰다. 내 것다 마실 동안 선생님 잔은 거품만 사그라졌다. "탈락시킨 그 교수님을 저승에서 만나셨죠." 그래도 선생님은 묵묵부답이었다. 촛불 제사는 만 5년 되는 해 선생님의 지인 대여섯 분을 초대하여 탈상 제사를 올리는 것으로 끝을 냈다.

최근 '우물'이 포항시립극단 정기공연 작품으로 무대에 올려졌다. 배우들의 몸짓에서 선생님의 로망을 그대로 느낄 수 있었다. 공연 내내 선생님을 모시고 술 한잔했으면 하는 마음이 간절했다. 연전에 선생님을 추모하는 글에 "이승과 저승을 통털어 단 한 사람만 초청하여 술을 마시라면 기꺼이 선생님을 초대하고 싶다."라고 쓴 적이 있다. 그 생각은 지금도 변함이 없다.

불원, 제사밥을 잘 짓는 음식집을 수소문해 두었다가 근사한 촛불 제사를 지낼 생각이다. 제사 장소가 바뀌었더라도 혼령은 귀신같이 찾아오셔서 "그래, 요새도 혹톨에 더러 가나." 라시며 내 머리를 쓰다듬어 주시겠지.

빗방울 전주곡

비가 오는 날이면 쇼팽의 전주곡 15번 '빗방울'을 듣는다. 날씨가 흐린 날에도 '어서 비가 오라'고 그 음악을 듣는다. 그 곡을 듣고 있으면 마음에서부터 비가 내린다. 참 좋다. 비가 오면 조금은 쓸쓸하지만 비가 전해 주는 슬픔이 때로는 따뜻한 위안이 될 때가 있다. 그래서 좋다.

쇼팽의 '빗방울'을 듣고 있으면 슬픈 일도 없는데 피아노 건반 위로 떨어지는 낙숫물소리가 괜히 나를 슬프게 한다. 그럴 때면 빗물이 타고 내리는 유리창 앞에 선다. 눈도 흐려지고 마음도 흐려져 슬픔은 더욱 커진다. 이별의 아픔을 앓는 사람처럼 외롭고 처량하다. 슬플 때는 유리창처럼 울어야 한다.

'빗방울'을 들을 때마다 두 이미지가 겹친다. 하나는 쇼팽이며 나머지 하나는 나 자신이다. 스물여덟의 쇼팽은 인후결

핵을 치료하기 위해 연인인 조르쥬 상드와 함께 마요르카 섬으로 요양을 떠난다. 두 연인은 방을 얻지 못해 폐허가 된 발데모사 수도원에 머물며 투병생활을 한다. 상드가 약을 구하기 위해 팔마 읍내로 나가자 갑자기 굵은 빗줄기가 쏟아진다.

쇼팽은 지붕에 떨어지는 빗소리를 피아노로 받아 적는다. '빗방울' 속에는 병에 대한 두려움과 초조 그리고 빗속에서 상드를 기다리는 사랑과 연민 등 온갖 감정이 녹아 있다. 곡 전체를 통해 빗방울처럼 들리는 음(A-flat)이 주조를 이루는 가운데 2부로 넘어가면 폭우가 쏟아지는 듯한 굵고 격렬한 음들이 수도원 지붕을 두드린다. 장엄하고 처절하다.

흐려진 창문가에 서서 쇼팽의 '빗방울'을 듣는다. 희미한 기억이 비 오는 날 고향 집 추녀 밑에 서 있는 소년을 불러낸다. 자세히 보니 그 소년은 바로 나다. 상드를 기다리는 쇼팽처럼 누구를 기다리는 것 같은데 그 기다림의 시간은 지루하고 권태롭다. 마당에 떨어진 빗물이 모여 작은 개울을 만들어 삽짝 밑으로 빠져나간다. 닭들에게 던져준 달걀 껍데기가 소나무 껍질 고깃배처럼 물살을 타고 넘실넘실 흘러간다.

나도 쇼팽처럼 외롭고 쓸쓸하다. 논에 물꼬를 보러 나간 어머니는 돌아오지 않고 먹을 것이라곤 아무것도 없다. 비는 더욱 세차게 내린다. 굵은 빗줄기는 마당 가득 물방울을 만들어 다른 흘러가는 모든 것들과 어울려 떠내려간다. 그러나 유독 나의 외로움은 흘러가지 않고 켜켜로 쌓이기만 한다.

콩만 한 빗방울의 크기를 보고 콩을 구워 먹을까 생각하다가 고개를 흔든다. 머슴애가 부엌에 들락거리는 것을 어머니가 싫어하기 때문이다. 아차, 좋은 생각 하나가 떠오른다. 어머니의 성경책이나 찬송가의 갈피를 뒤지면 연보하고 남은 몇 푼의 지폐가 있을지도 모른다는 이 기특한 생각. 아니나 다를까 당첨복권은 성경책 속에 있었다. 그래서 목사님은 "내가 너희를 긍휼히 여길 것이며"란 구절이 쓰여 있는 성경을 자주 읽으라고 말씀하셨나 보다.

들에 나간 어머니도 더 이상 기다려지지 않는다. 더 이상 빗소리도 들리지 않는다. 지전 한 푼 들고 두 집 건너 공孔 씨네 엿방으로 한달음에 달려간다. 비 오는 날 말랑말랑한 갈색 조청만치 맛있는 주전부리꺼리는 이 세상에 다시없다.

동생이 "형아, 니만 묵지 말고 나도 좀 도"라고 말하기 전에 미리 한 조각 떼어내 선반 위에 올려놓는다. 세상이 어찌 이렇게도 아름다운가. 조청을 사탕 크기로 만들어 입에 넣고 나니 학교에서 배운 온갖 동요가 흥얼거려진다. 어머니가 집으로 돌아오실 때가 되면 책을 펴들고 열심히 공부하는 체해야 한다. 연일 고된 농사일로 속상한 일이 한둘이 아닌데 나까지 애를 먹이면 벼락 천둥 치는 일이 벌어지기 때문이다.

요즘도 비 오는 날이면 내 귀에는 수도원 지붕 위에 떨어지는 '빗방울' 소리가 들린다. 그럴 때마다 그냥 유리창처럼 울고 싶다.

가을, 아름다운 저지레

가을 붓질 채색잔치에 올가을을 몽땅 헌납했다. 우리나라 단풍은 백두에서 출발하여 금강, 설악, 치악을 거쳐 태백과 지리산을 지나 땅끝 두륜산에서 마지막 몸부림을 치다 마침 표를 찍는다. 나무들이 발광發光하는 저들의 축제에 왜 몸이 달아 이리 뛰고 저리 뛰어다녔는지 알다가도 모를 일이다.

구령에 맞춰 노랑 치마로 갈아입는 은행나무를 생강나무와 고고쇠, 붉 꾸레니무끼 될껏 지나보녀니 서늘노 바쁜 손볼림으로 노란 옷으로 갈아입느라 부산을 떤다. 당단풍과 화살나무 그리고 옻나무가 붉은 스웨터를 걸치고 패션쇼 맨 앞줄에 서자 여기저기서 박수갈채가 터져 나온다.

깜짝 놀란 갈참, 졸참, 떡갈, 서어나무가 노을빛 주황색 깃발을 들고 빨강과 노랑 사이에 끼어들며 색깔의 고참 순서를 따진다. "우리는 '빨주노초'의 '주'짜 항렬이야. '노'짜가 까불고 있어" 지금 산천은 나무들의 단풍 서열 싸움이 치열하게 벌어지고 있는 가을이란 계절이다. 단풍에도 계절의 표정이 있다. '단풍이 꽃이라면 가을은 두 번째 봄'이란 알베르 카뮈의 단풍예찬에 박수를 보낸다.

단풍철에 가장 철없이 구는 것들이 있다. 늘 푸른 소나무와 하늘을 찌르는 전나무 같은 사철나무들은 체면 없이 우둔하다. 단풍나무와 은행나무가 서커스 크라운의 복장을 하고 꽹과리를 치면서 놀이판으로 뛰어 나온다. 그러자 사철나무들은 엉겹결에 단풍색을 찍어 바른다는 것이 물감 선택을 잘못하여 더 푸른 색칠을 하고 가을 잔치에 왔나 보다.

나무들이 부끄러워할까 봐 하늘도 잉크를 떨어뜨린 푸른 물 한 바가지를 덮어쓰고 철딱서니 없는 그룹에 끼어든다. 하늘과 한통속인 바다도 바짓가랑이를 걷어 올린 채 상모를 돌리며 파도치듯 다가오면 가을은 한껏 무르익는다. 부안의 내소사 입구 전나무 숲길에 들어섰다가 깜짝 놀랐다. 모든 잎이란 잎들이 유독 추위에 약한 녹색을 구역질하듯 토해내고 있는 이 시기에 전나무 숲은 오히려 푸름을 담금질하고 있으니 세상일은 한 가지 공식으론 풀 수가 없다.

올 단풍 맞이 행사는 서해로 정했다. 해마다 단풍철이 오면 포항에서 묵호를 거쳐 강릉과 설악 일원을 헤매고 다녔다. 맛난 음식도 자주 먹으면 물리듯 올해는 목포에서 하의도를 거쳐 곰소 격포 쪽으로 방향을 돌렸다. 그러나 서해 단풍은 기대했던 것만큼 욕심을 충족시켜 주지는 않았다. 역시 산은 높고 깊어야 단풍도 색깔이 짙고 아름다워지는 법이다.

목포 앞바다에 떠 있는 섬들은 시절이 일러 아직 단풍이 들지 않았고 부안의 내소사에 들어서서야 단풍 같은 단풍을 만날 수 있었다. 흔히들 가을을 조락의 계절이라 말한다. 그러나 내소사의 단풍 숲에 갇힌 듯한 전나무들은 가을 햇볕을 받아 더욱 정정하다. 가을은 성능이 다된 배터리처럼 무화無化 쪽으로 치닫는 허무의 시간만은 아닌 것 같다.

허기야 가을비에 젖은 나뭇잎들이 미화원의 빗자루 끝에 실려 나가지 않으려고 발버둥치는 걸 보면 까닭 모를 쓸쓸함이 밀려온다. 거기에다 썩어 흙이 되기 전 잠시 쉴 곳을 찾아 길 떠나려는 잎새들을 '낙엽따라 가버린 사랑'을 부른 차중락의 목소리가 데리고 가버리면 마음은 허허롭기 짝이 없고 어느새 두 눈엔 눈물이 괸다.

가을바람 또한 바둑판의 훈수꾼 역할을 톡톡히 하고도 남는다. 그대시 바남은 오시탊이 넓나. 가을바람은 여름 바다의 기억을 생생하게 되살려 영혼을 컬컬하게 달구어 놓는다. '가을에는 / 기도하게 하소서 / 낙엽들이 지는 때를 기다려 / 내게 주신 / 겸허한 모국어로 / 나를 채우소서.' 란 가을 시를 하루아침에 바꾸어 버린다.

'삭풍은 나무 끝에 불고 명월은 눈 속에 찬데' 라는 시창詩唱

소리가 들리면 겨울 속에 앉아 다시 봄을 기다리는 기도를 드려야 한다. 그래서 가을은 바람 맞이 언덕에 선 스란치마를 입은 여인과 같다.

바람은 소리가 아니라 사실은 적막이다. 부딪히지 않으면 소리가 나지 않는다. 보이지도 않는다. 나뭇잎도 공기 속에 물너울 같은 파문을 일으키며 떨어져 바람에 쓸려갈 때 비로소 서걱거리는 소리가 난다.

가을바람 속엔 어제의 추억이 묻어 있다. 가을에는 잊어버린 것들과 잃어버린 것들까지 제자리로 돌아와 현관문을 연다. 가을은 잘난 것, 못난 것 가리지 않고 모든 것을 아우른다. 돌이켜 보기도 싫은 추한 과거까지 잊지 못할 추억으로 승화시켜 준다. 바로 가을이 저지르는 아름다운 저지레다.

제3부

달빛 냄새

겨울 바다, 그 쓸쓸함에 대하여

겨울 바다는 아주 몽환적이다. 때론 신비스럽기까지 하다. 그 몽환 속에 잠들어 있는 겨울 바다란 악보를 연주할 수 있는 건 오로지 고요와 적막뿐이다. 정적靜寂이란 데시벨을 최대치로 높여 놓을 때가 눈이 오는 겨울 바다의 아침나절이다. 그때 바다는 어떤 악기의 소리도 거부하고 오로지 바람에게만 활을 맡겨 연주를 하게 한다.

바람은 아무런 악보 없이 바이올린을 거듯 활을 짧게 밀고 길게 당기는 것 같지만 그게 아니다. 하늘과 맞닿아 있는 수평선에서 고무줄놀이를 하는 바닷새들의 몸짓을 음표인 양 읽고 무심한 척하면서 음 하나, 박자 하나 놓치지 않고 그렇게 연주를 하는 것이다. 그 음악은 귀로는 들을 수가 없고 다만 두 눈에 전달되는 음감을 온몸으로 느껴야 한다. 나는 겨

울 바다가 전해주는 무언의 메시지 같은 '겨울 교향곡'을 사
랑한다.

겨울 바다는 귀가 어두운 베토벤의 제5번 심포니 '운명'이
'적막을 위하여'란 부제를 달고 소리가 들리지 않도록 연주
하는 야외공연장이다. 또 다른 한편으로 생각하면 '고요'라
는 주제의 소묘작품들이 무진장으로 널려있는 노천미술관이
기도 하다. 선창에 정박하고 있는 어선들, 섬으로 연결되어
있는 출렁다리, 폐선의 녹슨 닻 등이 쌓여가는 눈[雪]에 자기
본래의 색깔을 헌납하고 흑백사진과 같은 수묵의 뼈다귀만
드러내놓고 있다.

겨울 바다는 무음無音, 무반주無伴奏, 무필無筆, 무채색無彩色
등 무無자 화두 하나씩을 들고 동안거에 들어 있는 바닷가 선
방이다. 그래서 겨울 바다는 외롭고 쓸쓸하다. 모든 외로운
것들은 그 존재의 쓸쓸함을 치유하기 위해 누구에게서든지
위안 받기를 원한다.

그러나 위안이란 자체가 사실은 공허한 것이다. 무대에 선
가수에게 터지는 스포트라이트 속의 갈채는 무한한 칭송이지
만 무대의상을 벗어버린 빈 몸은 허허롭기 짝이 없다. 불안한
내면을 남들이 엿볼까 봐 조바심하다 끝내 술과 마약에 기대
지만 그것이 영생을 약속해 주지는 않는다. 마르린 먼로와 휘
트니 휴스턴의 짧은 삶이 그랬다.

울지 마라.

외로우니까 사람이다.

살아간다는 것은 외로움을 견디는 일이다.

눈이 오면 눈길을 걸어가고

비가 오면 빗길을 걸어가라.

가끔은 하느님도 외로워서 눈물을 흘리신다.

새들이 나뭇가지에 앉아 있는 것도 외로움 때문이고

네가 물가에 앉아 있는 것도 외로움 때문이다.

산 그림자도 외로워서 하루에 한 번씩 마을로 내려온다.

종소리도 외로워서 울려 퍼진다.

　　　　　　- 정호승 〈수선화에게〉 중에서

　그리움에 지쳐버린 사랑하는 사람들만 외로움을 느끼는 건 아니다. 법당의 중앙에 앉아 계시는 석가모니 부처님도 우물 천정 밑 빈방의 공허가 너무 쓸쓸해서 항마촉지인降魔觸地印을 하고 계신다. 하나님 아버지도 너무 외로워서 "찬양하라, 쉬지 말고 기도하라." 며 인간들을 다그친다. 아마 그것은 인간들의 나태를 질책하고 기도하는 가운데 잘못을 반성하여 목표하는 바를 성취하라는 깊은 뜻이 담겨 있었을 것이다.

　겨울 바다는 허영이자 사치다. 나는 겨울 바다를 좋아하지 않았다. 생선회의 유혹이라면 몰라도 내 문학의 허기를 채우기 위해 겨울 바다를 찾은 적은 단 한 번도 없었다. 문학을 사랑하는 이들의 무턱 댄 겨울 바다에 대한 동경과 그 센티멘털리즘에 동의할 수 없었던 것도 하나의 이유였다. 사실이지 겨울 바다 예찬론자 중 겨울 내내 바다에 한 번도 가보지 않은 이들이 얼마나 많은가.

눈 내리는 남도 바닷길 여행을 떠났다가 제대로 된 겨울 바다를 만났다. 강진 인근의 마량포구 초입에 있는 '바다 팬션' (061-432-7979·이봉석)에서 조용히 내려앉은 겨울 바다의 저녁 풍경을 보았다. 이 동네 겨울 바다는 내가 여태 봐 왔던 그런 바다가 아니었다. 식욕이고 문학이고 모든 걸 집어치우고 '그냥'이란 낱말을 앞세워서라도 찾아와야 할 겨울 바다, 고요와 적막을 음악으로 들을 수 있는 그런 겨울 바다였다.

추억은 기억의 화면이 아닌 소리로 복원될 때 가장 명징하다고 한다. 집으로 돌아가 완연한 봄이 올 때까지 이곳 겨울 바다에서 연주되고 있는 '적막을 위하여'란 심포니가 귓가에 계속 들려 올 것만 같다.

산중 친구

팔공산 자락에 남들이 쉽게 들락거리지 않는 계곡이 있다. 아무리 가물어도 물이 마르지 않는 작은 물웅덩이도 그곳에 있다. 등산로에서 멀지는 않지만, 계곡 밑으로 내려가면 오가는 사람이 보이지 않는다. 물소리와 새소리 외에 다른 소리는 들리지 않는다. 발목을 적실 깊이의 작은 소에는 몇 개의 돌들이 엎어져 있다. 돌 밑에는 나의 산중 친구인 가재가 살고 있다.

이 소는 물이 맑은 데다 물 흐름이 눈에 보이지 않는 명경지수 그대로다. 지난여름에는 이곳에서 국수를 삶아 번거롭게 씻고 건질 필요가 없을 것 같아 코펠을 물속에 던져 버렸다. 겉으로 보기에는 조용한 웅덩이도 속으로 울고 있는지 밑바닥의 물살은 생각보다 거셌다. 국수 가락이 돌 틈으로 숨어

버리는 바람에 생각만큼 국수를 건질 수 없었다. 그러자 돌 밑의 가재가 바쁜 걸음으로 움직이는 모습이 보였다. 짜증나는 여름 대낮을 가재와 더불어 즐겁게 보냈다.

더위가 기승을 부리는 날이면 혼자 막걸리 한두 병 륙색 포켓에 찔러 넣고 산중 친구가 살고 있는 이 계곡으로 온다. 가재에게 줄 닭고기 한 조각은 잊지 않고 챙긴다. 우선 닭고기를 찢어 물속 돌 앞에 놓아두면 술병에 냉기가 서릴 무렵이면 가재들도 기동을 시작한다.

무념무상의 빈 마음으로 물속을 들여다본다. 산중 친구는 이미 가재가 아니라 스님으로 변해 있다. 그가 살고 있는 돌 틈은 석굴 선방이다. 내가 "스님!" 하고 불러도 시종 묵언이다. 일 년 내내 안거安居에 들어 있으니 수도승으로 해탈한 지가 오래된 듯하다. 장난기가 발동한다. 닭고기 공양을 챙기고 있는 스님에게 술잔을 내민다. 스님은 잽싸게 도망쳐 버린다. 그 술은 내가 마신다. 산중 친구를 핑계 삼아 권하고 마시기를 반복하다 보면 취하기 마련이다. 들고 온 시집을 읽을 겨를이 없다. 스님과 노는 것이 참 재미있다.

촉나라 범진이란 사람이 허하라는 곳에 살 때 장소당이란 별채를 지어 술을 마시며 즐겼다. 뭇 꽃들이 흐드러지게 피는 늦봄에 손님들을 초청하여 푸짐한 잔치를 벌이곤 했다. 객기가 동한 주인은 "꽃잎이 술잔 속에 떨어지면 대백大白(큰 잔)으로 한 잔씩 마셔야 합니다." 했다. 담소가 무르익을 즈음 획

하고 바람이 불자 모든 이의 잔에 꽃잎이 떨어져 취하지 않는 사람이 없었다. 그래서 사람들은 이 모임을 비영회飛英會라고 했다.

조선조 때 문경공 신용개는 천품이 호탕하여 술을 즐겼다. 술친구는 따로 없었다. 늙은 계집종도, 마당의 강아지도, 화단의 꽃도 모두 그의 술친구였다. 하루는 아랫사람들에게 "오늘 저녁에 여덟 손님이 오실 터이니 주효를 잘 준비하라." 고 단단히 일러두었다. 하인들은 아무리 기다려도 소식이 없자 "언제 오십니까." 고 물었다. "조금만 더 기다려라."

이윽고 보름달이 떠 그 빛과 붉은 기운이 대청 안으로 들어와 주인이 키운 여덟 분의 국화를 비추자 이렇게 말했다. "오늘 밤손님은 국화니라." 주인은 국화 분 앞에 술과 안주를 차려두고 "내가 은잔에 술을 따르겠네."라며 아주 친한 친구에게 하듯 그렇게 말했다. 국화 분마다 각 두 잔씩의 술을 따라 주었다. 자신이 권한 만큼 국화도 술을 따라 주는 것이라 여기고 주거니 받거니 하다 몹시 취했다. 박동량이 쓴 《기재잡기》에 있는 이야기다.

홀로 술 마시기의 달인은 이백이다. 그를 제쳐놓고 독작을 논할 수 없다. 월하독작月下獨酌이란 명시를 보면 독작의 풍류와 흥취가 얼마나 도도한지를 눈 감고도 알 수 있다.

꽃밭 가운데 술 항아리

함께 할 사람 없어 혼자 마신다.
술잔 들어 밝은 달 모셔오니
그림자까지 셋이 되었구나.
그러나 달은 술 마실 줄 모르고
그림자 또한 그저 내 몸 따라 움직일 뿐
그런대로 달과 그림자 짝하여서라도
이 봄 가기 전에 즐겨나 보세.

해 질 녘이 되어 더위가 자지러질 무렵에 배낭을 챙겨 산중 친구에게 작별 인사를 한다. "스님, 잘 계시오." 여전히 묵언 중이어서 대답도 없고 인사도 없다. 약간 괘씸하다.

"술 마시느라 저무는 줄 몰랐더니 옷자락에 수북하게 떨어진 꽃잎, 취한 걸음 달빛 시내 따라 걸으니 새도 사람도 보이지 않네."라는 이백의 시 〈홀로 가는 길〉을 읊조리며 산에서 내려온다. 석굴 선방 앞에서 가재 스님과 종일 놀았는데도 나는 여전히 외롭다. 고독이 얼마나 아름다운 것인가. 혼자라는 걸 알게 되니 저만치 가을이 오는 것이 보인다.

묵호항 갈매기

우리나라 바다를 통틀어 동해가 가장 바다답다. 동해의 기상은 마도로스가 연상될 정도로 사나이답다. 그건 오입쟁이를 닮은 파도라는 에너지 탓이다. 파도는 "어머, 나 죽네." 하고 무너지는 여인네를 인정사정 보지 않고 계속 밀어붙이는 열정의 힘이다.

어느 수필가는 "뭍의 발기가 결연한 의지로 바다 깊이 삽입된 곳이 곶串이다. 곶이 만을 감싸고 보듬는 남편 실 빈린 아낙네처럼 얌전하게 만의 품에 안겨 비 맞고 몸부림치는 곶 끝의 으르렁거림에도 불구하고 혼곤하게 잠들어 있다."라고 쓴 적이 있다. 그는 뭍에서 돌출한 곶을 남성으로, 곶이 삽입된 바다를 여성으로 보았다. 그러면서 곶의 안쪽인 만灣 안에 숨어 있는 포구도 파도라는 남성을 받아들이는 여성으로 인식

했다.

만의 품에 안겨 있는 포구는 잠을 자면서도 푸른 바다의 꿈을 꿀 수 있는 것은 모두 파도의 덕이다. 후려치고 뒤집는 등 거친 기운을 마지막엔 다정함으로 표현할 줄 아는 파도의 사랑 기술이 한마당 굿판을 벌이고 지나간 다음에는 이렇게 아낙을 혼곤한 잠의 세계로 인도하는 것이다.

포구의 연인인 파도도 때론 원망의 대상이 될 때가 있다. 그것은 마누라 무서워 집에선 쓰지 못하고 우체국 한쪽 구석에서 연애편지를 써서 띄우는 시인에 의해서 저질러진다. '푸른 말'이란 아호를 가진 시인은 죄 없는 파도를 향해 시비조의 푸닥거리 한판을 벌인다.

"파도야 어쩌란 말이냐 / 파도야 어쩌란 말이냐 / 임은 뭍같이 까딱 않는데 / 파도야 어쩌란 말이냐 / 날 어쩌란 말이냐" 유치환 시인의 '그리움'이란 시다. 시인이 아무리 떼쓰며 엉겨 붙어도 파도는 말이 없다. 혼잣말로 "네가 저질러 놓고 왜 나더러 야단이야." 하고는 "나 죽네." 작업을 계속한다.

위의 단상은 묵호에서 관광열차를 타고 강릉으로 가다가 푸른 파도를 보고 느낀 생각을 적은 것이다. 여행은 이렇게 좋은 것이다. 도반들과 함께 새벽 6시 20분 동대구발 강릉행 무궁화호 열차를 타고 묵호에서 내렸다. 묵호 어시장은 서해의 대천, 남해의 여수와 더불어 어종도 다양할 뿐 아니라 다른 곳에 비해 자연산 생선도 많고 값도 그렇게 비싸지 않다.

그래서 설악산을 다녀오거나 강릉 속초에 걸음할 일이 있으면 이곳에 들러 허기진 미각에 새로운 기운을 채워 넣는다.

묵호 어시장에는 그동안 몇 번 들렀는지 일일이 기억할 수 없다. 그러나 정말 좋은 횟감을 만나 즐긴 인연은 떠나버린 연인처럼 잊으려 눈을 감아도 더 생생하게 떠오른다. 연전에 강릉에서 내려오는 길에 묵호 어시장엘 들렀더니 마침 파장이다. 횟감 중에서도 가장 비싼 이시가리(줄가자미) 네 마리를 단돈 오만 원에 샀던 횡재는 두고두고 이야깃거리로 남아 있다. 이번에는 감성돔과 우럭 각 한 마리씩을 제법 솔깃한 가격에 샀더니 오징어와 도다리 몇 마리를 덤으로 얹어 주었다.

어시장 인근 공동변소 옆 잔디밭에 고기 상자로 술상을 차리고 추위 탓에 풀죽어 있는 국화 한 송이를 상위에 올려 한껏 멋을 부려 보았다. 세 사람이 독한 위스키 한 병을 맥주에 섞어 마셨더니 목구멍에서 갈매기 한 마리가 톡 튀어나와 바다 쪽으로 날아갔다. "묵호 가알~매기, 묵호 가알~매기, 너는 버얼~써 나를 이저었나~"

운문사 솔바람 소리

운문사에 세 번이나 갔는데 한 번도 절 구경을 못 한 친구가 있다. 술과 돼지고기 수육을 들고 명찰 운문사를 구경하겠다며 길을 나섰다. 슈퍼마켓에서 산 소주와 맥주가 든 박스를 들고 몇 발짝 걸어보니 이건 농담이 아니었다. 그래서 옛 어른들의 "술 한 말 먹고는 가도 지고는 못 간다."는 말씀이 그렇게 절실할 수가 없었다. "애라, 모르겠다. 개울로 내려가 마시고 올라가자."는 선창에 모두가 "옳소" 하고 맞장구를 쳤다.

술이란 게 원래 그렇다. 맨 처음엔 몸을 움츠리며 술과 안주를 먹는다. 거나해지면 술이 술을 먹는다. 그다음이 가관이다. 술이 사람을 먹는다. 이때부터 눈에 보이는 게 없어진다. 집에 키우는 개도 개고, 상사도 '개'다. 봉급을 주는 사장도 '글마'(그놈 아이의 경상도 사투리)고, 대통령도 '절마'(저놈 아이)다. 바야흐로 해탈에 버금가는 '술탈'의 경지다.

운문사는 탁객이 탁한 마음가짐으로 찾아갈 그런 절이 아니다. 운문사는 때 묻지 않은 청정도량이다. 삼라만상에 널려 있는 모든 물상은 제 나름대로 지니고 있는 격과 값이 있다. 사람에겐 인격이, 물건엔 품격이 있다. 그런 격들은 내면에서 우러나와 겉으로 비친다. 눈으로 보이는 바깥 상태가 바로 격이자 값이다.

사람 중에서도 겉으로 보기에 '요것쯤이야' 싶을 정도로 만만한 사람이 있다. 그런가 하면 '그대 앞에만 서면 작아지는' 주눅이 드는 사람도 있다. 그야말로 천차만별이다. 모든 물상, 사람이나 물건까지도 오랜 세월 동안 내공을 쌓아야 품격이 높아지는 것은 분명한 사실이다.

사찰도 마찬가지다. 규모가 크고 웅대하다고 해서 위엄이 갖춰지는 것은 아니다. 흙 마당에 대 빗자루 흔적이 뚜렷한 아주 작은 암자라도 범접하기 두려운 느낌을 주는 곳이 있다. 품격을 잴 수 있는 자는 없지만 살갗 돌기의 미세한 떨림으로 그 도를 측정할 수 있다.

사람의 격은 안에서 뿜어 나오는 인향人香과 말씀이 크게 작용한다. 노자는 '다언삭궁多言數窮'이란 말로 인간들을 타이른 적이 있다. '말이 많으면 자주 궁지에 몰린다.' 라는 뜻이다. 풍채와 인물이 그럴만한 어른도 말이 많으면 격과 값이 한꺼번에 떨어지고 만다. 말 많은 사람치고 대접받는 사람은 없다.

사찰은 동취銅臭가 나지 않아야 한다. 동취란 돈 냄새를 말한다. 최근 스님네들의 도박과 색탐소동들이 결국 사찰의 격과 가치를 떨어뜨리는 요인으로 작용하고 있다. 사찰의 품격은 대웅전과 일주문, 천왕문, 범종루 등 건축물들의 아름다움이 대변할 것 같지만 그렇지 않다. 스님들의 인품이 티 없이 맑을 때 사찰의 격도 올라가게 되는 것이다.

지난 정월 보름이자 동안거 해제일에 운문사를 다녀왔다. 절은 계절과 관계없이 청정했고 솔숲 사이로 불어오는 솔바람 소리는 더없이 맑았다. 때마침 바람이 구름을 몰고 가버려 하늘은 옅은 푸른색으로 휘장을 둘렀고 딱따구리가 나무를 쪼는 따다따닥 하는 소리는 솔바람 길에서만 들을 수 있는 귀한 청량제였다.

답사 전문가인 유홍준 교수는 운문사의 다섯 아름다움 중에서 "가장 아름다운 것은 비구니 학인 스님들이다. 세상 사람들이 나를 비웃어 여색을 탐하는 사람이라고 비방해도 이것이 내 진심임을 속일 수 없다."라고 말한 적이 있다. 봄이 좀 더 가까이 다가왔으면 경내 텃밭에 울력 나온 학인스님들의 모습이 더러 보였을 텐데 오늘은 해제일 마지막 염불을 외는 낭랑한 목소리만 문틈으로 새어 나올 뿐 솔바람소리를 닮은 학승들의 모습은 보이지 않았다.

대웅전 앞 삼층석탑 사이를 지나 오백전五百殿 옆 개울 난간에 섰다. 십여 년 전까지만 해도 학인 스님들의 여름철 세수

간으로 사용되던 극락교 밑 이목소離目沼에는 피라미 한 마리 눈에 띄지 않는다. 물고기들도 동안거 해제일의 마지막 의식을 아직 덜 녹은 얼음장 밑에서 치르고 있나 보다. 대신에 암반 위를 흐르는 물살들은 눈부신 햇살에 반사되어 어느 누가 비단 폭 끝자락을 잡고 살랑살랑 흔들어 대고 있는 것 같다. 빛살이 물살 위로 튀어 오르는 이 현란한 장관은 오케스트라의 높은음들이 빛으로 변주되는 바로 그 모습이다.

일주문을 대신하는 범종루를 벗어나자 자꾸만 뒤에서 옷자락을 잡아당기는 것 같다. 운문사의 품격이 집으로 돌아가려는 발걸음을 쉽게 놓아주지 않는다. 솔바람이 휘 하고 한 자락 지나간다.

유선여관

산속 개울가 여관에서 딱 하룻밤만 자고 싶다. 그곳은 방안에 샤워를 할 수 있는 화장실이 딸린 것도 아니다. 멋진 침대가 있는 것은 더욱 아니다. 조명등이 근사하여 춘정을 부추기지도 않는다. 반질반질한 장판 맨바닥이다. 장작 군불을 때 아랫목이 따끈하다. 창호지를 바른 문밖 부엌에서 달그락거리며 밥 짓는 소리가 들리는 그런 곳이다.

그런 여관에서 하룻밤 자고 싶다. 이른 저녁상을 물리고 장거리 산행의 피로를 풀기 위해 팔베개를 베고 누웠으면 남향으로 터져 있는 문에서 들려오는 개울물소리가 너무 요란하여 쉽게 잠이 올 것 같지 않다. 마침 때는 음력 보름. 휘영청 푸른 달이 대문 밖 벚나무의 그림자를 마당으로 들여보내 짚명석을 화문석 무늬 흉내내도록 하는 호젓한 여관의 초저녁.

그런 여관에서 딱 하룻밤만 자고 싶다.

장엄한 오케스트라를 방불케 하는 계곡 물소리를 배경음악으로 달빛 소나타를 솔로로 듣고서도 술 생각이 나지 않는다면 이미 풍류객이 아니다. 막걸리 생각이 간절하여 개다리소반에 열무김치와 풋고추 된장 그야말로 박주산채를 기대하면서 "멍석 위에 술상 좀 봐 줘요." 하고 소리친다. 둥근달이 나뭇가지에 걸려 그대로 등불이다.

하룻밤 자고 싶은 여관은 전라도 해남의 대둔사 입구 너부내 가에 있는 유선여관(061-534-3692)이다. 내가 굳이 이 여관에서의 일박을 회원하는 것은 온돌방의 분위기나 한정식 상에 나오는 푸짐한 안주 때문은 아니다. 물소리와 물안개 때문이다. 개울가 암반 위에 닦은 집터에서는 자기磁氣가 터져 나와 자고 나면 우선 몸이 개운하다. 또 개울에서 흘러가는 물소리를 깨어서도 듣고, 자면서도 들으면 일체의 망상이 사라진다. 삼백예순날을 하염없이 백수로 살아가고 있는 사람이 무슨 큰 번뇌가 있을까마는 하릴없는 나날이 곧 망념妄念의 진원지가 될 수 있기 때문이다.

상상은 계속된다. 밤새도록 비몽사몽간에 물소리를 듣다가 잠이 깨면 이른 새벽인데도 더 이상 잠은 오지 않는다. 개울 물소리는 볼륨을 높여 더 큰 소리로 흘러가고 그 소리를 따라 목에 수건 하나를 두르고 개울 바닥으로 내려선다. 비발디의 사계 중 여름이 이보다 더 아름다우며, 드보르자크의 신세계가 이 개울물 소리를 감히 능가할 수 있을까.

턱도 없는 소리. 자연에서 들려오는 물소리 새소리 바람 소리를 설사 스트라바리우스란 명품 바이올린으로 연주한다 해도 원음을 앞지를 수는 없다. 활이 현을 퉁기거나 문질러 얻은 음을 통속에 가뒀다가 토해내는 깽깽이 소리는 자연 음 앞에서는 그저 잡지의 표지처럼 통속할 수밖에 없다. 그래서 자연은 위대하고 자연의 소리는 어떤 음보다 순수하고 고귀하다.

오솔길은 아니지만 대둔사 쪽으로 나 있는 도로를 따라 쉬엄쉬엄 올라가면 물안개가 피어오른다. 밤을 버텨온 냉기가 아침 온기에 밀리기 시작하면 개울물도 서서히 변하기 시작한다. 그것이 물안개다. 음력 칠월 보름인 백중 무렵에는 지리산을 비롯한 남도의 모든 산이 연하煙霞를 피워 올리기에 골몰한다니 유선여관에서 하룻밤을 보내려면 이때가 최적기가 아닌가 한다.

정말이지 그런 여관에서 딱 하룻밤만 자고 싶다. 이렇게 도시에서만 서성대지 말고 배낭 하나 둘러매고 한시바삐 남도 여행길에 올라야겠다. 중국 육조시대에 종병(375~443)이란 이는 젊은 시절에 산수 간을 돌아다니며 즐기다가 늙어 노쇠해서는 산천을 찾아가기가 어려웠다. 그래서 옛날에 가 보았던 산천을 그린 산수화를 방안에 펼쳐놓고 상상으로 그림 속을 거닌 것을 '누워서 노닌다'는 뜻으로 와유臥遊라 했다. 적어도 나는 그 신세는 면해야겠다. 유선여관의 제법 큰 방에는 줄탁동시啐啄同時라는 편액이 걸려있다. 뜻은 알에서 깨어나려는 병아리가 껍질을 깰 때 어미가 밖에서 쪼아 주어야 제대로 부화를 한다는 말이다. 이 말은 곧 '그런 여관에서 하룻밤 자고 싶다'는 생각이 안에서 소리치면 밖에 달린 두 다리가 얼른 알아채고 성큼성큼 걸어가야 한다는 뜻으로 해석해도 될 것 같다. 와유臥遊 와식臥食 와음臥飮, 그건 절대로 안 될 말씀들이다.

대관령 휴양림에서

계곡의 물소리가 듣고 싶었다. 큰비가 오고 난 뒤 '콸콸콸' 하며 쏟아지는 그런 계류성溪流聲속에 갇히고 싶었다. 볼륨을 높인 음악도, 숲 속의 새소리는 물론 벌레들의 사랑하는 소리 조차 들리지 않는 계곡의 소리 향연에 초대받은 귀빈이 되고 싶었다.

옛날 다산 선생은 소나기 올 때 벗들을 불러 모아 술과 안주를 싣고 세검정에 있는 폭포에서 떨어지는 물보라를 구경하러 나선 적이 있다. 그 폭포수는 비가 그치면 금세 잦아들기 때문에 빗속을 뚫고 말을 달려가지 않으면 소나기 올 때의 빼어난 경치와 천둥 치는 듯한 굉음을 들을 수 없었다고 한다.

대구는 세검정처럼 소나기 올 때 폭포 구경하기가 그리 쉽지 않다. 물소리가 그리우면 지리산·가야산·소백산이 제격이지만, 장마 끝에 팀을 구성하기란 여간 어려운 일이 아니다. 그래서 차선책이 비가 개는 즉시 시집 한 권 들고 팔공산 폭포골이나 수태골의 물소리 명당을 찾는 길밖에 없다.

기회가 오지 않는다고 가만히 앉아 있으면 안 된다. 그럴 땐 생각 속에 도사리고 있는 마음에 타임머신을 타고 과거를 향해 심속心速으로 달려가자고 명해야 한다. 가고 싶은 계곡의 물소리를 찾아 신들메를 조여 맬 필요도 없이 마음이 시키는 대로 달려가면 된다.

어느 해 여름 지리산 칠선계곡 입구 추성동의 개울가 민박집에서 하룻밤 묵은 적이 있다. 저녁때까지 말쌍넌 하늘에 갑자기 구름이 몰려오더니 폭우가 쏟아졌다. 석이石耳 볶음을 안주로 술 한잔 거나하게 마신 후 잠자리에 들었지만, 계곡 물속에서 바위 덩어리들이 굴러가는 소리 때문에 밤새도록 잠을 설쳐야 했다. 양철지붕을 때리는 빗소리와 '우렁 우렁' 계곡이 우는 소리 속에 보낸 하룻밤은 지금도 잊지 못할 추억으로 오롯이 남아 있다.

팔공사의 비 오는 풍경과 계곡의 물소리도 일품이다. 지금은 철거됐지만 동화사 입구 계곡 왼쪽에 있던 달빛여관에서 들리는 물소리도 가히 반할 만하다. 골짝 골짝에서 쏟아져 내려오는 계류수가 이곳에 도달하면 '팔공 필하모닉'이라 불러도 좋을 오케스트라로 바뀐다.

계곡의 맨 끝 방에 누워 잠을 청하면 쇼팽의 '빗방울' 전주곡이 빗속에서 환청처럼 들린다. 그 빗방울이 굵어지면 뉴 에이지 뮤지션 야니(Yanni)의 '더 래인 머스트 폴'(The rain must fall.)에 나오는 흑인 여성 연주자 캐런 빈즈의 바이올린이 뿜어내는 강렬한 빗소리로 바뀌면서 절정을 이룬다.

해마다 계곡 물소리 듣기는 여름 숙제였다. 올해는 강릉의 대관령 휴양림에서 일찌감치 끝을 냈다. 전국 수필의 날 행사가 이곳에서 열린 것이다. 어스름께 휴양림에 들어서자마자 계곡에서 들려오는 전주곡이 예사롭지 않았다. 숲속의 다람쥐 방을 숙소로 배정받았다. 그게 마침 계곡 바로 옆이어서 옆 사람의 말소리가 들리지 않을 정도였다.

오랜만에 듣는 계곡의 물소리는 명창의 판소리 한마당보다 더 큰 감동으로 다가왔지만 소나무 가지 사이에서 숨바꼭질하는 음력 유월 보름달은 그 감동 위에 살짝 얹어 놓은 고명처럼 맛과 멋을 동시에 풍기고 있었다. 도저히 올 것 같지 않던 잠도 계곡이 연주하는 자장가를 이겨낼 수는 없었다. 계곡의 물소리가 좀 자지러지는가 싶으면 하나님의 물뿌리개가 소낙비를 뿌려주어 꿈속에서도 주렴처럼 내리는 폭우 속을 헤매야 했다.

비가 그친 아침이다. 정신이 말짱하고 개운하다. 숲속 바위 위에 지은 집에서 자면서 밤새도록 물소리를 들었기 때문이다. 영혼에 끼어있던 묵은 때가 내시경 검사 전의 대장 청소하듯 말끔하게 씻겨 나갔나 보다. 휴양림에서 닦아놓은 산책

길을 둘러보러 길을 나선다. 길옆에는 산수국 군락이 함초롬히 젖어 아침 햇살을 받은 이슬방울들은 보석처럼 영롱하다.

백여 년 된 금강송 사이로 휘 하며 솔바람이 불어온다. 왕거미 한 마리가 과녁 같은 거미줄을 쳐놓고 엎드려 염불을 외고있다. 코끝에 와 닿는 공기가 싸아하다. 소나무 숲 사이사이엔 산안개가 피어올라 이곳을 선경이게 한다. 무릇 운무雲霧속에 살고자 하는 사람은 결국 입산한다는데. 어쩌나, 계곡의물소리 좋아하고 연하벽煙霞癖이 심한 나 같은 사람을 늦깎이동승童僧으로 받아줄 암자는 어디 없을까.

민어 울 때 달구경

숭어가 가장 어렸을 때는 모치라고 부르고
좀 더 자라면 참동어라고 부르고
그보다 더 자라면 홀떡백이라고 부른다.
민어의 어렸을 적 다른 이름은 감부리
좀 더 자라면 통치라고 한다
(중략)
이제라도
누가 나를 다른 이름으로 불러다오
전혀 다른 삶에 도전할 수 있도록
제발 나의 이름을 다르게 불러다오
숭어나 민어처럼.

― 김상현의 시 〈민어나 숭어처럼〉

여름, 바야흐로 민어 철이다. 민어는 여름 보양식으론 단연

으뜸이다. 옛 사람들은 경상도 사람들이 최고로 꼽는 보신탕을 삼품, 바닷가 사람들이 선호하는 도미탕을 이품, 사대부들이 즐겨 먹었던 민어탕은 일품 자리에 올려놓았다.

민어는 귀족이다. 몸 전체에서 풍기는 미끈한 멋이 범접하기 어려운 카리스마를 지니고 있다. 사람의 가치를 신언서판으로 저울질했듯이 민어도 그렇게 한번 따져보자. 몸집이 우람하여 듬직하고, 비린내가 나지 않는데다 가시가 적어 씹는데 번거롭지 않으며, 마지막으로 어느 것 하나 버릴 게 없고맛이 있다. 이만하면 정일품의 자리가 아니라 주상의 보좌에앉아도 꿀릴 것이 없다.

경상도 사람들은 민어를 잘 모른다. 동해에선 잡히지 않기때문이다. 서해 임자도나 재원도 쪽에서 잡히는 민어는 주로서울로 올라가고 교통이 불편한 곳으로 보낼 물량이 없다. 그래서 경상도 사람들은 갈치, 고등어, 가자미, 돔베기 등을 오랜 세월 동안 즐겨 먹었다. 경상도 사람이 생전에 민어 맛을봤다면 택한 백성으로 축복받았다고 말할 수 있다. 음식깨나밝히고 다니는 도반들 중에도 민어를 맛본 적이 없는 이들을위해 대구 시내 도심의 목롯집에서 민어 파티를 연 적이 있다. 지금 그 이야기를 하려 한다.

나는 어릴 적 개떡도 배부르게 먹지 못하고 자랐지만, 민어회를 먹으러 목포의 영란회집을 그동안 세 번이나 다녀왔다.이 소식을 산에 누워 계시는 어머니가 들었으면 벌떡 일어나셨다가 깜짝 놀라 다시 돌아가셨겠지만 이건 사실이다. 오로지 민어회를 목표로 목포에 간 것이 아니라 남도여행길에 이왕이면 다홍치마란 말대로 '간 김에 민어회나 맛보고 가자'는 제의에 '얼쑤' 하고 따라간 것뿐이다.

지난해 겨울 일생스쿠버팀들이 4박 5일 여정으로 제주를 거쳐 추자도에 들어간 적이 있다. 마침 추자도는 5일 동안 비바람이 몰아쳐 횟집의 수족관은 텅 비어 있었다. 도착한 날 저녁을 짜장면으로 때우고 다음날 아침 "목포로 나가 민어회나 먹고 가자"는 데 의견이 모아졌다.

민어 이야기가 나오자 궁궐민박(064-742-3832) 안주인이 끼어들어 한마디 거든다. "우리 배도 민어와 돔을 잡으러 다니는데 대구 가서 민어 먹고 싶으면 연락해요." 민어의 목을 따 피를 빼내고 얼음을 채워 하루 정도 숙성시키면 횟감으로 일품이란다.

보름쯤 뒤 추자도에 전화를 했더니 "맞춤한 민어가 있다."는 기쁜 소식이 들려왔다. 다음날 1m가 넘는 민어 한 마리가 택배로 도착했다. 목포에서의 민어회 한 접시가 사만 오천 원인데 단돈 십만 원으로 열댓 접시를 썰고도 탕거리가 덤으로 떨어지는 횡재를 했으니 우리 팀은 당첨복권 한 장을 긁은 셈이다.

도반들에게 먼저 연락을 하고 칼을 갈고 모임 장소를 예약하는 등 북치고 장구치고 나 혼자서 부산을 떨어야 했다. 모두 십여 명이 모였다. 삶아 빤 수건으로 민어의 몸을 깨끗하게 닦아낸 후 회를 뜨기 시작했다. 민어는 두툼하게 썰어야 제맛이 난다. 도반들은 빨리 썰어 주지 않는다고 빈 젓가락을 입에 물고 아우성이다.

부레와 껍질은 살짝 데쳐 얼음물에 재빨리 담갔다가 끄집어내야 쫄깃쫄깃하다. 회 뜨고 남은 대가리와 뼈는 무와 마늘만 넣고 그냥 백탕을 끓인다. 옛날 사대부 집에선 쇠고기와 무를 끓인 육수에 쌀뜨물을 좀 더 보충하여 미나리를 넣고 끓인 '민어감정'이란 탕국을 즐겼지만 경상도 사람들은 그런 레시피를 알 까닭이 없다. 민어 한 마리를 열 명이 실컷 먹었는데도 회도 남았고 탕도 남았다.

소원이 있다면 올여름에는 재원도 바닷가 민박집 마당에 앉아 산란하러 올라온 민어들의 '꺽꺽' 하며 우는 소리를 들으며 향기로운 술 한잔 마시고 싶다. 달이 뜨면 더욱 좋고.

바람기 많은 달

달은 바람기가 많다. '휘영청'이란 낱말만 봐도 달이 감추고 있는 속뜻을 알만하다. '휘영청'이란 달의 수식어는 무엇을 갈구하는 여인네의 낭창낭창한 가녀린 허리 곡선을 연상시킨다. '휘영하다'는 말은 뭔가 허전하다는 뜻이다. 허전하여 무엇을 갈구하는 마음은 반드시 만족하도록 채워주어야 한다. 그 허전함을 채우는 방법은 이성의 따뜻한 손길밖에 없다.

　해는 양이고 달은 음이다. 둘 다 누드인 채로 우주 공간을 지키고 있다. 그러나 해는 강한 빛을 쏘아 어느 누구도 바로 쳐다보지 못하도록 살짝 맨몸을 가리고 있지만 달은 자신의 육체를 자랑스럽게 드러내고 있다. 물속에서 발가벗고 목욕하고 있는 달을 보고 '물은 알몸의 달을 숨겨주려고 물결을 이루며 혼란스럽게 아롱거리고'라는 시가 있다. 달은 누가 보든 간에 자신을 받아주는 곳이면 그곳이 계곡이든, 호수든, 술잔이든, 눈동자 속이든 무한 질주를 감행한다. 그건 순전히 타고 난 달의 바람기 탓이다.

달은 몸을 숨겨주려는 사소한 것들의 호의가 싫어 아예 자신의 이마에 물결무늬 자국을 지니고 달빛을 따라 길을 떠난다. 그래서 달은 음력 칠월과 팔월 보름인 백중과 추석 때 자신을 가리려 떼거리로 몰려오는 먹구름은 치를 떨어가며 증오한다. 달은 자신의 누드를 때론 화려하게, 더러는 우수에 젖은 채 보여줌으로써 사람들이 바라만 보아도 부풀어 오르는 추억이 되게 한다.

바람기의 속성은 변하는 것이다. 바람이 한 곳에 머물 수 없듯 바람기 또한 무엇 하나에 집착하지 못한다. 예쁜 여자가 바람이 나면 수많은 사내가 패가망신하게 된다. 그러나 바람기 많은 달이 보름달에서 반달이 되고 다시 초승달과 그믐달로 바뀌면 시가 둥지를 틀고 문학이 깃을 치게 된다.

달을 노래하면서 보름달의 '휘영청'에 너무 집착하면 안 된다, '동산 위에 뜬 둥근달'이나 '낮에 나온 반달'보다는 '아침에 잃어버린 화장대 위의 속눈썹이 초저녁 하늘에 걸려 있는 초승달'로 노래를 바꿔 부를 수 있어야 한다. 소설가 나도향은 '나는 그믐달을 사랑한다'는 산문에서 이렇게 말했다. "그믐달은 요염하여 감히 손을 댈 수도 없고, 말을 붙일 수도 없이 깜찍하게 예쁜 계집 같은 달인 동시에 가슴이 저리고 쓰리

도록 가련한 달이다. 내가 만일 여자로 태어날 수 있다면 그
믐달 같은 여자로 태어나고 싶다."

말이 나온 김에 내 나름의 풍류학을 풀어내 보자. 풍류의 삼
대 요소는 시주색詩酒色이며 풍월수風月水는 배경이다. 옛 선
비들이 풍류를 즐길 요량으로 자리를 잡으면 붓을 들고 시를
짓고 술이 한잔 거나해지면 기생들이 풍악을 울린다. 그런 자
리는 대체로 물가의 정자이거나 바람이 이는 강 주변에 달이
떠 있는 곳이다.

예로부터 지금까지 문인묵객들이 짓고 그린 수많은 글과
그림 속에는 시주색 풍월수詩酒色 風月水가 빠진 적이 없다. 이
백의 '월하독작月下獨酌'이란 시에서는 달과 술 그리고 그림자
가 한데 어우러져 멋진 풍류를 연출하고 있다. "꽃나무 사이
에서 한 병의 술을 / 홀로 따르네 아무도 없이 / 잔 들고 밝은
달을 맞으니 / 그림자와 나와 달이 셋이 되었네. / 달은 술 마
실 줄을 모르고 / 그림자는 나를 따르기만 하네."

또 혜원 신윤복의 '월하정인月下情人'이란 그림은 등뒤의 기
와집에서 밤새도록 뜨거운 정을 나눈 남녀가 초승달이 뜬 새
벽녘에 이별하는 장면이다. '두 사람의 마음은 두 사람만이
안다'〔兩人心事兩人知〕는 제발과 주례 격으로 떠 있는 실눈 같은
초승달이 그림의 격을 한결 높여준다.

서해 여행을 하다가 새만금을 지나 부안의 나비펜션(063-
583-0165)에서 하룻밤을 잔 적이 있다. 저녁을 먹고 난 후 테

라스에 간단한 주안상을 차렸다. 외박하고 들어온 누이처럼 퉁퉁 부은 음력 열이튿날 달이 얼굴을 내밀고 "홍이 제법이네." 하고 한마디 거들었다. 그날 밤 달은 수묵과 같은 구름을 시녀처럼 거느리고 있었지만, 술판이 끝날 때까지 한 번도 구름 자락에 휘감기는 법이 없었다. 술이 떨어지자 시 한 수로 빈 홍취를 메꿀 수밖에 없었다.

테이블의 손님이 일어설 줄 모르므로
젊은 여주인은 달 위에 올라앉아 미끄럼을 탄다.
　　　　　　　　　- 김종태 시인의 〈하현달〉 중에서

달빛 냄새

물질에서만 냄새가 나는 건 아니다. 느낌에서도 냄새가 난다. '사람 냄새가 난다.'는 말은 그 사람의 체취를 지칭하는 것은 아니다. 그 사람의 따듯한 정과 순후한 인품을 느낌으로 말할 때 가끔 냄새를 차용해 온다. 나는 맘에 드는 절집에 가면 달빛 냄새가 나는 듯한 아름다운 생각을 하게 된다. 절이라고 모두 그런 건 아니다. 인간세상에서 좀 멀리 떨어져 낡은 토기와 사이에 와송과 청이끼가 자라고 있는 고졸미가 흐르는 그런 암자에 가면 달빛 냄새를 맡을 수 있다.

지난 주말 토요산방 도반들과 경주 남산의 칠불암에 올랐다. 그곳은 묘하게도 갈 적마다 사람의 마음을 끄는 마력이 있어 오래 머물고 싶어진다. 그 까닭을 곰곰 생각해 보니 사방불과 삼존불 등 일곱 부처님이 갖고 있는 각기 다른 도력道

力이 한곳으로 뭉쳐져 신도가 아닌 사람에게까지 '아! 참 좋다'는 생각을 갖게 만드는 것 같다.

칠불암의 일곱 부처님의 모습은 한결같이 온화하고 자애롭다. 천 년이 넘는 세월 동안 온갖 풍상을 겪었지만 아이 갖기를 소원하는 아녀자들에 의해 콧등만 베어 먹혔을 뿐 얼굴 모양은 아직도 멀쩡하다. 원래는 보물 200호였으나 연전에 국보 312호로 승격했다.

칠불암에서 오른쪽 가파른 암벽을 타고 올라가면 또 하나의 숨은 보물이 수줍은 미소를 띠고 참배객을 맞는다. 보물 199호인 신선암 마애보살상이다. 이 보살상은 칠불암 위에 직벽으로 서 있는 남쪽 바위에 새겨져 있다. 두 사람이 어깨를 나란히 하고 걸으면 비좁을 정도의 절벽 길을 20m 정도 걸어 들어가야 한다.

국보인 칠불암은 암자의 마당에 나앉아 있고 보물인 마애보살상은 찾아오기 힘들 정도의 벼랑 끝에 숨어 있다. 그래서 그런지 몰라도 나는 사방불이나 삼존불보다 마애보살상이 더 마음에 끌린다. 아마 칠불암에서 느끼는 달빛 냄새도 이 보살상이 입고 있는 얇고 보드라운 실크 이미지의 천의天衣가 바람에 일렁거리면서 바람기 많은 달빛을 붙잡고 놓아주지 않기 때문이리라.

칠불암은 최근 몇 년 만에 모습이 크게 바뀌었다. 겉모양 뿐 아니라 내실까지 다져져 누가 봐도 내공이 단단함을 쉽게 짐

작할 수 있다. 그건 부처님의 자비 공덕이기도 하지만 인연의 끈 따라 흘러온 신임 비구니 암주인 예진스님의 열정어린 노력 덕분이 아닌가 싶다.

스님은 무너져가는 요사채를 일으켜 세우기 위해 관할 관청을 찾아다니며 남산의 사랑방 격인 칠불암의 복원을 애원하고 다녔다. 그 뜻이 마침내 이뤄져 문화재청과 경주시의 지원으로 헬리콥터 수송비만 1억 5천만 원이 소요되는 불사를 거뜬하게 이뤄낸 것이다. 남북으로 앉은 정면 삼 칸 측면 한 칸짜리 요사채는 북쪽 문만 열면 사방불과 삼존불 등 일곱 부처님이 훤히 보이는 적멸보궁 역할을 톡톡히 해낸다. 또 문을 닫아걸면 법당으로 바뀌어 염불 소리가 낭랑하게 울려 퍼지고 공양시간이 되면 밥상 위에 숟가락 놓는 소리가 목구멍으로 침 넘어가는 소리보다 오히려 작게 들린다.

이곳 칠불암은 물이 귀한 곳이어서 특히 겨울철에는 식수가 모자라 애를 먹는다. 그래도 스님을 비롯한 자원봉사자들이 항상 밥을 많이 해두고 손님들에게 "공양하고 가세요." 하고 푸근하게 베풀고 있다. 요즘은 이곳에서 공양 신세를 진 청장년층에서 템플 스테이를 요청하는 경우가 많아 절문은 항상 열려 있다.

칠불암은 경주 남산 중에서도 기가 한곳으로 모이는 곳으로 소문이 나 있다. 우선 동해 대왕암 쪽에서 떠오른 아침 해가 토함산을 넘어 남산 고위봉의 칠불암을 비춘다. 밤이 되면 맞은편 능선에서 솟아오른 달빛이 별빛을 섞어 신선암의 마애보살상을 비추면 부드러운 미소가 달빛 냄새로 둔갑하여 계곡 아래로 번져 나간다.

동트기 전 신선암 마애보살상 앞에 기다리고 있으면 햇빛의 각도에 따라 보살상의 모습은 시시각각 변한다. 흔히 '백제의 미소'로 일컬어지는 서산마애삼존불의 모습처럼 여러 형상으로 바뀌다가 머리에 쓰고 있는 보관과 꽃을 든 오른손이 금색으로 변하는 것을 끝으로 꿈에서 깨어난다.

예진 스님이 차려준 점심 공양상에 오른 소쿠리 가득한 상추쌈은 정말 풍성했고 날된장 맛은 기가 막힐 만큼 좋았다. 음력 칠월 백중 지나고 한 사나흘 뒤 달이 뜰 무렵 신선암에 올라 달빛이 번져나갈 때의 그 달빛 냄새를 코를 킁킁거리며 맡아보고 싶다.

한계령 연가

한계령寒溪嶺은 마음에 상처 입은 사람들이 찾아가 봐야 할 곳이다. 사랑하고 있는 이도, 사랑을 끝낸 이도, 이별의 열병을 오랫동안 앓고 있는 이도 이곳 한계령에서 새로운 한계限界를 찾아 신들메를 졸라매야 한다.

한계라는 낱말은 사전에는 있어도 실제로 한계는 존재하지 않는다. 한계 너머에 또 다른 한계가 "나 잡아 봐라"며 버젓이 존재하고 있기 때문이다. 궁극적 한계는 생과 사의 갈림길 정중앙에 있다. 한 발 건너뛰면 죽음이며 미처 발을 옮기지 못하면 이승의 단애다. 그것이 진짜 한계다.

만취와 미취의 상태도 한 잔 술이 정해주지만 마시는 사람은 다만 어느 잔이 그 잔인지를 모를 뿐이다. 물은 섭씨 100도라는 비등점에서 끓지만 사람의 눈으로는 그 한계를 알아채지 못한다. 그러면 무엇이 사랑이고 무엇이 이별인가. 사랑한다면서도 이별한 상태보다 못한 경우가 있고 이별했지만, 사랑하고 있는 '잉(ing)의 상태'도 있다. 어느 누가 감히 '사랑'과 '이별'을 얕잡아 본단 말인가

세상 끝 어딘가에
사랑이 있어 전속력으로 갔다가
사랑을 거두고 다시 세상의 끝으로 돌아오느라
더 이상 힘이 남아 있지 않은 상태.
우리는 그것을 이별이라고 말하지만.
그렇게 하나의 모든 힘을 다 소진했을 때
그것을 사랑이라 부른다.
　　　　- 이병률 〈이별 없는 사랑을 꿈꾼다〉에서

　이 시 역시 사랑과 이별이란 한계의 벽을 과감하게 무너뜨리고 있다.
　그날 한계령에는 비가 내리고 있었다. 설악의 만산홍엽이 살금살금 고양이 발걸음으로 내려와 길가에서 쉬고 있는 비오는 한계령 눈이 부시게 푸른 날만 그리운 사람이 그리워지는 줄 알았다. 그런데 이렇게 비에 젖은 단풍 숲길 속에서도 지칠 줄 모르고 그리운 사람을 그리워하고 있으니 사랑을 향해 전속력으로 달려갔다 돌아와 탈진하는 그리운 마음들은 하나같이 미쳤나 봐.

한계령에만 가면 멋진 시가 나올 것 같기도 하고, 근사한 산
문 한 편쯤은 어렵잖게 써질 것 같았는데 그게 아니었다. 감
동이 크면 어간이 막히는 법이라더니 바로 그랬다. 그것이 나
의 한계였다. 금강산을 세 번 다녀왔으나 아름다운 산문 한
편 쓰지 못했다. 정비석의 '산정무한'이란 명편 산문이 나를
가로막고 있었기 때문이다.

　나만 그런 것은 아닌 모양이다. 고려 때 해동 제일이란 명성
을 얻었던 뛰어난 시인인 김황원은 평양 부벽루에 올라 벽에
붙어있는 시가 마음에 들지 않아 현액들을 끌어내려 모조리
불살라 버렸다. 그는 온종일 기둥에 기대서서 시상을 떠올렸
으나 '장성일면용용수 대야동두점점산長城一面溶溶水 大野東頭
點點山'이란 두 구句만 겨우 쓰고는 통곡하며 내려왔다고 한
다. 나는 앞서 말한 선비와는 달리 글을 먼저 쓴 시인들이 이
뤄 놓은 결실에 주눅이 들었음이 분명하다.

　겨울에 접어들어 눈이 내릴 때마다 폭설이 퍼붓는 한계령
을 얼마나 그리워했는지 모른다. 뉴스에서 '눈이 내리겠다.'
는 소리가 들리기만 하면 이른 아침 창문을 열고 멀리 팔공산
쪽을 바라보는 버릇도 한계령 때문에 생긴 것이다. 그건 순전
히 시인 문정희의 '한계령을 위한 연가'란 시가 한 몫 한 것이
다. "한겨울 못 잊을 사람하고 / 한계령쯤을 넘다가 / 뜻밖의
폭설을 만나고 싶다. / (중략) 오오, 눈부신 고립 / 발이 아니
라 운명이 묶였으면(하략)"

또 있다. 가수 양희은의 '한계령'이란 축축하게 젖은 눈물 손수건 같은 노래 때문이기도 하다. "저 산은 내게 / 잊어라 잊어버리라 하고 / 지친 내 어깨를 / 떠미네 / 아 그러나 한 줄기 / 바람처럼 살다 가고파 / 이 산 저 산 눈물 구름 몰고 다니는 떠도는 바람처럼"

'군중 속의 고독'이란 말은 '둘이 있어도 외로움을 느낀다.'는 말과 궤를 같이 한다. 사람이면 누구나 한 번쯤은 익숙한 일상에서 탈출하여 사방이 온통 흰 것뿐인 눈 속 동화 나라에 갇히고 싶을 때도 있을 것이다. 머리 위를 날아가는 헬리콥터에 구조의 손길 한 번 흔들지 않고 난생처음 짧은 축복에 몸 둘 바를 모르고 싶을 때가 분명 있을 수 있다.

또 '한계령'이란 노랫말에서처럼 설악에 기대어 사람에게서 입은 아린 상처를 치유하고 싶어 투정을 부릴 수도 있을 것이다. 모두가 한계를 모르고 하는 소리거나 그걸 뛰어넘지 못하고 있기 때문이다. 나는 그날 한계를 잊어버리고 비에 젖은 한계령을 넘었다. 오색에서 방 한 칸을 얻어 한계령의 저리고 아픈 쓸쓸함을 술잔에 타 마셔 버렸다.

풍류,
'자연함'을 펼치는 구활의 미학

박양근 │ 문학평론가, 부경대 교수

구활 선생은 자타가 인정하는 해학의 달인이다. 디지털 시대의 조선조 문사로 여겨도 될 만큼 해박한 고전 지식과 비천하는 문장을 대할라치면 타임머신을 타고 현대로 날아온 풍류의 사도라는 생각이 든다.

구활 선생은 자신을 바람에 일치시킨다. 사이버 공간에서 내 이름은 '팔 할이 바람'이라고 밝혔으며, '바람' 덕분에 몸과 마음이 한결 자유롭다고 고백한다. 〈바람처럼〉이라는 수필에서는 "한 분 스승과 경전 하나"를 가지고 싶다고 하였다. 스승으로는 은휴정恩休亭이라는 정자를 지은 조선조 중종 때의 김정국 선생을 모셨고, 몸은 낮으나 마음은 높은 여덟 가지 여유를 삶의 경전으로 삼은 풍류는 단순한 산수 유람이 아니라 그의 존재를 정의하는 이념이자 선언으로 간주할 수 있다.

풍류風流는 말 그대로 한곳에 머물지 않고, 자유롭게 움직이는 삶의 경지를 의미한다. 바람은 보이지 않고 물은 보이지만 풍류는 소아를 초월하여 자연과 일체가 되려는 몸짓이다. 그래서 풍류는 풍경 좋은 곳을 찾아가는 감각적인 쾌락과 전혀 다르다. 구활 선생이 꿈꾸는 풍류는 "마음속에 팔여 선생을 기리는 사당 하나를 지어 문간에 배롱나무와 매화나무 한 그루씩"을 심는 것으로 선풍仙風의 전통을 이어받는다.

신라 시대 최고의 학자이자 문장가로 칭송받는 최치원 선생은 "우리나라에는 깊고 묘한 도가 있는데 이름 하여 풍류라 한다〔國有玄妙之道 曰 風流〕고 하였다. 그렇다면 풍류라는 도道는 얽매임이 없는 인생을 추구하는 미학에 해당한다. 신라 시대의 화랑도花郞徒는 물론, 조선조 시대의 다선茶仙을 실천한 선비들도 묵향 서실書室에서 벗어나 자연을 벗삼았다. 오늘날에는 '자연으로 돌아가자'는 생태주의가 모든 학문과 현대인을 사로잡고 있다. 실제 지금까지 구활 선생이 발표한 《그리운 날의 수억세》, 《시산이 비끈 풍경》, 《희안거 다음 날》, 《바람에 부치는 편지》, 《정미소 풍경》 등은 한국의 풍광과 예인을 섭렵한 글이라는 점에서 그의 무애무변의 풍류애는 다른 곳에서 찾을 수 없다.

누구든 구활과 단 하루를 같이 보낸 사람이라면, 그는 진정

"풍류를 안다"고 말하게 된다. 오늘날 풍류의 진의가 다소 변질되었을지라도 풍류객이라는 호칭은 문인이라면 누구나 듣고 싶은 최고의 별호일 것이다. 그는 그런 명예를 의도적으로 좇지 않았다. 어린 시절부터 부지불식간에 풍류스러움이 배양되었다. 가난하고 시린 삶의 길목에 설 때마다 그는 풍류의 기운으로 희비를 삭히며 자신의 처지에 선대의 시인묵객의 삶을 오버랩시켰다. 그 결과 팔 할이 바람이 아니라 구 할이 바람이라고 할 정도로 풍류의 내공이 지금도 거침이 없다. 그 억제할 수 없는 문필의 결실이 《어둠 속의 판화》라고 하겠다.

구활 풍류를 찾아서

구활의 풍류의 시원始原은 어디인가. 그곳은 낙동강 지류인 금호강이 흐르는 하양이라는 고향이다. 단칸 초가집이 자리했던 강변에는 지금도 바람이 불고 물이 흐른다. 바람은 진달래를 피우고 모래를 날리고 하얀 눈발을 뿌린다. 강물은 풋사랑을 띄우고 이별의 눈물을 숨겨준다. 풍류의 마을에서 태어나 성장한 그는 시멘트 아파트를 전전하면서 고향을 한시도 잊지 못했다. "내 의식은 고향 강가에서 성장했고 품성도 그곳에서 키워지고 다듬어졌다."라고 〈이름 모를 강가에서 귀양살이나 했으면〉에서 고백하듯 어린 시절부터 지금까지 그는 언제나 "해 질 녘 언덕 위에 서 있는 그림자"이다. 그 모습으로 밤낮 바람과 물의 소리를 경청한다. "세상 인연 모두 접어버리고 막걸릿잔 앞에 놓고 음풍농월하며 남은 세월"을 보내고 싶다는 자신의 바람을 다산의 귀양살이에 비교하기도 한다. 굳게 닫힌 고향으로의 출입문이 그를 방랑과 풍류로 안내한 셈이다.

《어둠 속의 판화》도 풍류에 대한 갖가지 색조를 지닌다. 유랑인의 수기처럼 처연하고, 음유시인의 서사처럼 낭만적이고, 세속의 모든 것을 내던진 과객의 자서自序처럼 표표하다. 표제작 〈어둠 속의 판화〉는 구활의 이러한 내면을 밝혀주는 자전수필로 자리한다. 그가 기억하는 어린 날은 양촛불, 닭서리, 폭설, 무 구덩이 등이 은유하는 "궁핍과 허기의 연속"이었지만 가족의 웃음으로 가난을 잊은 다감한 시절이기도 했다. 눈 내린 초가지붕을 "하얀 앙꼬빵"으로, 흙구덩이에 깊게 묻힌 무를 "어둠속에 빛을 발하는 발광체"로 묘사한 기법은 문학 소년의 재능을 한껏 보여준다. 무이이라면 그렇듯이 가난조차 그리움의 대상으로 삼고 원초적인 감성과 방랑벽을 '어둠 속의 판화'로 내걸었다. 그에게 풍류는 가난을 이겨내는 치유의 수단이고 옥죄이는 자아를 문학적 상상으로 해방시키는 귀거래사라는 것이다.

구활의 문체는 웅장하거나 비감하지 않다. 그의 문장은 당상관에 오른 선비의 화려체나 권력투쟁에서 패배하여 귀향간 선비의 날 선 언어와 거리가 멀다. 기름기가 넘치는 삶과 글은 그에게 어울리지 않는다. 오히려 초립을 쓰고 골골로 피해 다닌 김병연의 행보와 문체처럼 위트와 유머가 넘친다. 그러면서 애절한 색조가 후면에 깔렸다. 그는 오랫동안 신문사 기자 생활을 하면서도, 흔한 문단 자리에 한번도 이름을 얹지 않았으나 문단에서 그를 모르는 사람이 없을 정도로 문명文名이 높다. 그의 글을 한 편이라도 읽은 사람이라면 누구나 그를 만나고 싶어한다. 그 이유는 풍류객을 닮은 풍채와 도량 덕분이기도 하지만 그의 삶과 문학이 '자연함'을 바탕으로 하기 때문이다.

자연함이란 장자가 말하는 무위자연을 줄인 말이다. 장자는 인간의 삶이 요란스러운 것은 자연을 따르지 않은 탓이라고 설명하면서 무위자연을 해법으로 정립하였다. 이것이 '자연으로'를 추구한다는 점에서 풍류와 상당히 비슷하다.

'자연함'으로서 구활의 풍류는 인간과 자연과 문학을 통섭한다. 자연의 울림을 흥과 멋의 문학 언어로 바꿀 수 있는 감수성은 유년기부터 나타나고 있다. 무엇보다 그의 해석은 책과 학교에서 배운 것이 아니라는 점에서 속진을 초월하는 달관과 다를 바 없다.

구활은 "풍류는 해학이다."라고 거듭 말한다. 아파트 모퉁이 방을 류개정流開亭으로 명명하고 계곡의 모든 절경을 서재로 도배하듯 맞아들여 평심의 안정을 유지한다. 서재를 자연으로 상상할수록 학인學人이 아니라 신선이 되는 그의 기분은 시대를 초월하는 창조적 풍류에 가깝다. 《어둠 속의 판화》가 심미적 산문이고 수록된 30편이 풍류학을 실천한 담론인 이유가 여기에 있다.

> 수류화개 계곡에 누워 몸을 뒤척이며 온갖 상념에 빠져들다 보니 갑자기 '풍류는 곧 해학'이란 생각이 든다. 풍류를 인간의 심성이란 거울에 비춰보면 익살과 풍자, 그리고 아주 오래된 농담까지 뒤섞여 있는 해학의 집합이라 말할 수 있을 것 같다……. 풍류에도 질서가 있고 도덕이 있다. 청빈, 낙천, 우애, 이 세 가지는 반드시 바탕 되어 있어야 한다.
>
> 〈풍류는 해학이다〉에서

> 말이 나온 김에 내 나름의 풍류학을 풀어내 보자. 풍류의 삼대 요소는 시주색詩酒色이며 풍월수風月水는 배경이다.
>
> 〈바라기 많은 닭〉에서

구활의 풍류론이 시대를 거슬러 오르면 조선조의 선비사상을 거쳐 신라 화랑도에 다다른다. 현대적으로 풀이하면 생태학적 자연론에 일치한다. 구활이 제시하는 풍류의 조건을 합

치면 순수한 자연을 공경하고, 물질주의로 피폐해진 현대인을 동정하고, 미물과 대화를 나누는 인격체를 찾을 수 있다. 나아가 토포필리아를 지향하는 구활에게 수필은 그의 풍류를 풀어내는 녹색 언어라고 말할 수 있다.

풍류 담론으로 구활을 그리다

　빈한 속에서도 격조를 추구하는 구활은 평범한 세상살이 하나하나를 해학과 성찰로 묘사한다. 팔공산 계곡에서 만난 가재를 선방 스님으로 모시고, 토요 산방 도반과 함께 찾은 칠불암에서는 달빛 냄새에 취한다. 민어회 한 접시, 막걸리 서너 병으로 시구를 토해내는가 하면 흐릿한 창문을 때리는 빗방울을 쇼팽의 피아노곡으로 듣는다. 계곡물이 콸콸 울부짖는 천변 여관에서 하룻밤 자는 것을 무상의 낙으로 삼고 운문사 솔바람을 맞을 때는 여승의 파르르한 아름다움을 되살려낸다. 때로는 33살에 자살한 김광식의 〈서른 즈음에〉를 들으며 요절한 영혼을 위한 조문수필을 적기도 한다. 그의 산문을 한 자락의 주렴으로 엮어내면 디지털 시대의 각진 세태를 거부하는 어느 노마드가 '내면적 영성과 외면적 생명'의 합일이라는 멍에를 스스로 짐 진 듯 보인다.

구활의 풍류는 다분히 민중적이고 샤머니즘적이다. 현대 미학의 기준에서 보면 그는 논리정연한 문학이론가나 학구적 미학자가 아니다. 수필도 바람처럼 물처럼 들쑥날쑥하여 정형 없는 파도를 보는 듯하다. 바람과 물이라는 영적 모티프를 지닌 담론은 자연과 신기 있는 통합을 이룬다. 유불선을 절묘하게 배합한 문장은 현대인이 외면했던 "자연한 삶"을 되살린다. 《어둠 속의 판화》가 제시하는 무형의 질서망을 '창조적 자유'라고 부른다면 구활이야말로 영성의 세계에 입문한 문사라고 말할 수 있다.

풍류문인으로서 그의 필력을 보여주는 첫 작품이 〈진달래꽃은 하얬어라〉이다. 고향 아이 태분이가 가져온 진달래꽃을 거절한 후회를 평생 잊지 못하는 구활은 붉은 진달래와 흰 찔레의 이미지로 소녀의 순애를 추억하면서 "지금도 미쳐 버린다"고 고백한다. 소싯적 연분을 70 나이를 넘겨서도 간직하는 구활에게 진달래는 유년기의 상처를 치료해주는 풍류의 첫 꽃이다. 그 후 구활은 물과 바람 속으로 들어갈 때마다 한편으로는 해학으로, 다른 편으로는 힐링으로 내적 상처를 다스린다. 이러한 이유로 구활의 풍류는 비애감에 가까운 에토스를 동시에 보여준다.

구활은 풍류란 무릇 미친 짓처럼 보일 정도로 "차원 높은 수작酬酢"이어야 한다고 말한다. 한 시대를 풍미한 풍류객들도 모두 느낌(feeling)에 충실한 심미안을 가진 미치광이였다. 구활도 쌀뜨물 연못을 파서 달구경을 하고 싶고, 풍류는 혼자 누리되 새와 꽃의 동참만 허락한다고 덧붙인다. 글을 쓰는 것도 불광불급의 경지가 필요하다고 조언한다. 그는 보통수필에서 찾을 수 없는 명구로 그 경지를 표현한다. "한계령의 저리고 아픈 쓸쓸함을 술잔에 타서 마셔버렸다." "가을은 바람이 이는 언덕에 선 스란치마를 입은 여인 같다." 등의 맛깔스러운 묘사는 풍류인에서만 찾을 수 있는 것이다.

구활의 수필에서 발견되는 중요한 모티프는 풍류의 3대 요소로서 시주색詩酒色이다. 첫 번째 모티프인 시는 창작의 실전으로서 화가와 음악가와 시인 묵객의 세계를 아우른다. 누드 여인이 그려진 마네의 〈풀밭 위의 식사〉를 완상하는 동안 그는 몽골 초원에서 즐겼던 사물놀이 음악회를 '내 생애 최고의 호사'로 회상한다. 한국 근대화 〈무엇이 되어 다시 만나랴〉를 바라볼 때는 김환기와 천재 시인 이상에게 예술적 영감을 불어넣어 준 김향안(변동림)을 조르드 상드에 못지않은 뮤즈로 칭송한다. 이 외에도 구활은 여러 수필에서 예인들의 인간미와 숨어 있는 풍류의 면모를 소개하고 있다.

남녀의 색色을 모티프로 한 작품으로는 〈에로티시즘의 낮과 밤〉, 〈조선의 팜므파탈〉을 들 수 있다. 전자가 설익은 풍류객의 패가망신과 탈선을 경계하는 내용이라면, 후자는 조선조 양반 이데올로기에 묶인 여성들의 성적 해방을 다루어 여성에 대한 구활의 다정다감한 감성을 엿볼 수 있다. 술을 예찬한 글들은 작가 특유의 해학미가 돋보이는 갖가지 일화로 이루어진다. 〈좋은 술 석 잔의 유혹〉과 〈노회한 사기꾼〉, 〈한계령 연가〉는 구활이 수련한 주도酒道를 바탕으로 시인 묵객들의 에피소드를 해박하게 풀어낸다.

구활이 추구하는 풍류의 매력은 풍월수風月水에 한정되어 있지 않다. 만일 풍류가 '멋스럽고 풍치 있는 일'이라면 창조적 풍류는 미물조차 경건하게 영접하는 방식이라고 하겠다. 그 백미가 〈산중 친구〉이다. 구활의 가장 친밀한 산중 친구는 누구일까. 송죽松竹이나 풍월이 아니다. 수석도 십장생도 아니다. 바위 밑 가재가 그것이다. 가재와 노는 모습을 묘사한 단락을 놓치지 말 것이다. 최고의 풍류는 선仙과 해학이 어울린 경지임을 알 수 있으니까.

무념무상의 빈 마음으로 물속을 들여다본다. 산중 친구는 이미 가재가 아니라 스님으로 변해 있다. 그가 살고 있는 돌 틈은 석굴 선방이다. 내가 "스님!" 하고 불러도 시종 묵언이다. 일 년 내내 안거安居에 들어 있으니 수도승으로 해탈한 지가 오래된 듯하다. 장난기가 발동한다. 닭고기 공양을 챙기고 있는 스님에게 술잔을 내민다. 스님은 잽싸게 도망쳐 버린다. 그 술은 내가 마신다. 산중 친구를 핑계 삼아 권하고 마시기를 반복하다 보면 취하기 마련이다. 들고 온 시집을 읽을 겨를이 없다. 스님과 노는 것이 참 재미 있다.

구활은 한글 자모字母를 모아 여느 작가도 지금껏 그려내지 못한 풍류의 선경을 우뚝 세운다. 유불선이 융합하고 인간과 가재가 풍류의 도반이 되는 계곡에서는 바람조차 멈춘다. 가재를 스님으로 부르는 물활론과 가재 스님에게 닭고기와 술을 공양하는 파격은 구활의 해학에서만 가능하다.

그런데 웬일인가. 그가 "스님과 노는 것이 참 재미있다."고 말하는데도 "가재 스님과 종일 놀았는데도 나는 여전히 외롭다"는 뒷 문장이 더 큰 울림을 갖는 이유는…. 흥興과 애哀의 어울림이 구활의 풍류를 설명하는 자연함이 아닐까 싶다.

구활은 거듭 말한다

풍류는 자연 속에서 활법活法을 찾는 묵언의 참선이다. 시주 색詩酒色과 풍월수風月水를 도리에 맞게 즐기는 예법이기도 하다. 구활 선생은 유유자적하면서 두 경지를 넘나든다. 그의 풍류를 체험과 소유라는 측면에서 살펴보면 풍류를 체험하는 공간이 전국 방방곡곡에 퍼져있지만 그가 소유한 몫은 너무

나 적다. 바랑을 달랑 맨 빈승처럼 자연과 예인을 찾아 상상의 풍류 길을 걷는 그를 떠올리면 마치 "서런지 연밭에 뜬 조각배"(〈소리 향연〉에서)처럼 보인다. 연밭 조각배는 좁지만 세상의 모든 고뇌를 담을 만큼 넓다. 따라서 풍류객이자 문필가로서 구활 선생의 삶을 가장 적절하게 은유하는 상징물이라고 할 만하다.

구활 선생은 산천을 주유할 때보다 글을 쓸 때 더욱 풍류객처럼 보인다. 구활 선생이 현대수필계에서 유불선을 넘나드는 유일한 산문가로 인정받은 이유라면 자유분방하면서도 고전에 바탕을 눈 문풍文風 덕분이라고 하여도 지나치지 않다. 선생은 오늘도 '자연함'이라는 풍류를 찾아 자연의 저지레를 만나러 떠난다. 이러한 그가 있어 한국문단이 해학의 멋을 놓치지 않는 것이다.

연보 ——

1942년 경북 경산 하양에서 태어나다.

1945년 아버지가 돌아가시다.

1948년 하양초등학교에 입학하다.

1954년 대구중학교에 입학하다.

1957년 계성고등학교에 입학하다. 2학년 때 대구 남산동 소재 서현
교회에서 세례를 받다. 어머니는 아들을 목사로 만들어 달라
고 기도했으나 뜻은 하늘에 닿지 않았다.

1960년 경북대 문리대 영어영문학과에 입학하다. 기차 통학과 가정
교사를 반반쯤 했으나 등산 친구, 술친구들과 어울리느라 일
자리에서 자주 쫓겨나다. 입학 후 산악부에 가입, 열심히 산
에 오르다. 3학년 때 소설가 김원일과 시인 도광의를 만나다.
ROTC 후보생으로 2년간 군사훈련을 받고 졸업과 동시에 임
관하여 안동 육군 제36사단에서 병참장교로 근무하다.

1967년 대구일보사 수습기자로 입사하다.

1969년 결혼하다.

1972년 대구일보사가 2월 28일자로 폐간되다.

1975년 영남일보 기자로 자리를 옮기다.

1980년 사회부 차장 대우로 승진했으나 전두환 정권에 의해 영남일
보사가 매일신문에 흡수 통합되다. 11월 중순 영남일보 종간
호 1면에 폐간사인 〈윤전기여 안녕〉이란 글을 쓰다.

1984년 매일신문 주간부에 근무하다. 친구인 소설가 김원일과 함께
영천 화산의 어느 강으로 투망질을 갔다가 돌아와 쓴 글이
〈아버지를 만나는 강〉이었다 이 글이 《현대문학》 11월호
에 실린 첫 수필이다.

1985년 첫 수필을 발표한 후 자신감을 얻어 마음속에 고여 있거나 애
잔한 찌꺼기로 남아 있던 것들이 엎드려 연필을 들면 취객의
구토처럼 토해져 나왔다. 퇴근 후 술 마시기를 중단하고 바로
집으로 돌아와 프레스토 검프의 달리기하듯 달리고 또
달렸다. 어떤 날은 하룻밤에 두 편을 쓰고도 시간이 남았다.
작품 〈어머니의 텃밭〉 〈조팝나무 흰 꽃으로 내리는 봄〉 〈능
금밭의 추억〉 〈여름밤에 들리는 소리〉 〈과수원 길〉 〈검정
고무신〉 등이 이때의 소산이다. 영남수필문학회에 가입하다.
수필의 전도사 박연구 님을 매일신문 커피숍에서 만나다.

1990년 매일신문 문화부장이 되다. 그동안 문학잡지에 발표한 글들
　　　　이 책 한 권 분량이 되다.《그리운 날의 추억제》란 제목으로
　　　　문학세계사(대표 김종해)에서 첫 수필집이 출간되다. 계성고
　　　　47회 동창들이 크리스탈 호텔에서 출판기념회를 열어주다.

1991년 매일신문 북부지역 본부장으로 2년 동안 안동에서 근무하다.
　　　　캐나다 록키산맥 일대를 보름간 여행하다. 〈안동호의 밤〉
　　　　〈밴쿠버의 참새〉〈기억 속의 우울한 기억〉〈열서너 살의 수
　　　　채화〉〈무진 같은 곳 문중 같은 곳〉을 이때 쓰다.

1993년 매일신문 논설위원으로 자리를 옮기다. 중국 황산, 장강 삼
　　　　협, 말레이지아 코타키나 발루 등지를 여행하다. 〈황산의 하
　　　　오 3시〉를 쓰다.

1997년 두 번째 수필집《아름다운 사람들》을 책 만드는 집(대표 김
　　　　영재)에서 출간하다.

1998년 31년 3개월이란 언론계 생활을 끝내고 2월 28일 퇴직하다.
　　　　〈산에서 운다〉〈김장 김치에 얽힌 기억들〉〈회나무집 사람
　　　　들〉을 쓰다.

1999년 3월 25일 한국수필문학진흥회(회장 공덕룡)로부터 제17회

현대수필문학상을 받다. 미수米壽인 어머니가 심한 치매 증
상을 보이다 5월 27일 새벽 운명하다. 〈하늘나라 편지〉〈다
시 텃밭 앞에서〉를 쓰다.

2000년 문화관광부의 '문화유산답사 전문 강사 양성' 프로그램에 참
여, 3개월 반 동안 우리나라 전역에 흩어져 있는 역사의 현장
을 두루 돌아다니다.

2001년 문화유산답사를 하면서 보고 느낀 것을 《시간이 머문 풍경》
이란 제목으로 눈빛 (대표 이규상)에서 출간하다. 2001년
~2002년까지 매일신문 주간지에 '구활의 스케치 기행' 100회
를 연재하다.

2002년 12월 27일 대구문인협회에서 제20회 대구문학상을 수상하
다. 한국언론재단으로부터 집필 지원금을 받다.

2003년 사찰순례기인 《하안거 다음날》(눈빛출판사 간)을 출간하다.
5일 22일 빙임영 문회 재단에서 거슴지원금을 받다. 11월 17
일 금복문화재단(이사장 김홍식)으로부터 금복 문화예술상
(문학부문)을 수상하다. 2001년 11월 8일부터 매일신문 주간
지 '라이프 매일'에 연재하던 〈구활의 스케치 기행〉을 11월

13일 1백회로 끝마치다. 매일신문에 연재했던 스케치 작품 120점을 기독교 봉사단체 참길회(고문 정학)에 기증하다. 참길회는 7월 25일부터 31일까지 대구시 대명동 우봉 갤러리에서 '구활의 이웃 사랑전'을 열다. 전시된 작품을 팔아 얻은 수익금 600여만 원을 소록도 방문 20주년 기념행사의 봉사기금으로 내주다.

2003년 ~ 2010년 TBC-TV 테마기행 6회 출연 (임하댐의 추석맞이, 수하계곡의 겨울채비, 김원일의 마당 깊은 집, 영양의 세 문인들, 문경의 다섯 장인들, 구룡포 영천 안동의 지역 특산 생선들)

2005년 에세이집 《고향집 앞에서》(눈빛 간)를 출간하다. 2005년 ~2007년까지 3년 간 매일신문 신춘문예(수필 부문)심사위원에 위촉되다. 조선일보 방일영 문화재단으로부터 저술 지원금을 받다. 2005년~2008년까지 대구시 문화상(문학 및 예술 부문) 심사위원으로 위촉되다.

2006년 5월 27일 수필 잡지 《에세이스트》의 우수 작품 10선에 들어 '올해의 작품상 2005'를 받다.

2007년 7월 23일 《바람에 부치는 편지》(눈빛 간)를 출간하다. 원종린 문학상(대상)을 수상하다. 1월 14일 한국문화예술진흥원으로부터 저술지원금을 받다.

2008년 7월 선집 《정미소 풍경》(선우 미디어 간)을 출간하다.

2009년 3월 선집 《어머니의 텃밭》(좋은 수필사)을 출간하다. 9월 17일부터 매일신문 주간지에 '구활의 고향의 맛' 연재를 시작, 2014년 4월 현재 235회째 계속하고 있다.

2010년 3월 대구 경북 연구원으로부터 저술 지원금을 받다. 《어머니의 손맛》(이숲 간)을 출간하다.

2012년 10월 대구시 문화상(문학부문)을 수상하다. 12월 《풍류의 살바》(눈빛 간) 출간하다.